Zaraffel

Ausgabe 2/2022

Bibliografische Informationen der Deutschen Nationalbibliothek: Die Deutsche Nationalbibliothek verzeichnet diese Publikation in der Deutschen Nationalbibliografie; detaillierte bibliografische Daten sind im Internet über dnb.dnb.de abrufbar.

AUSGABE 4, NOVEMBER 2022
Autoren: Moira Barrett, Mirona C., Stella Chachali, Georgios Dagkakis, Chen-Rui Eising, Erik Eising, Mark Farrier & Katja Schubel
Layoutentwicklung: Mirona C., Chen-Rui Eising, Erik Eising & Jean T. C.
Umschlagabbildung: Mirona C. & Erik Eising

Zaraffel Gruppe Berlin Kontakt:
Web: http://www.zaraffel-magazin.de
E-Mail: zaraffel@gmx.de

Titelfont ©Bloxy sowie ©Bloxy Stamped von *Mike™ Cox*; https://iprefermike.com/
Die Nutzung erfolgte mit freundlicher Genehmigung.

ISBN: 9783756295814

Dieses Magazin ist ein Ort zum Ausprobieren. In unseren Rubriken werden deutsch- und englischsprachige literarische Texte erstveröffentlicht. Bevor es erscheint, unterläuft jedes Heft drei kreative Schaffensphasen:

Eine neue Ausgabe beginnt mit der Konzeption der Rubrik **KRITZELEIEN**. Unsere Autorinnen und Autoren stellen dort jeweils einen Text vor, der sie thematisch gerade besonders beschäftigt. Gesammelt stellen sie einen Hauptteil des Zaraffel Magazins dar.

Im zweiten Teil beschäftigen sich „die Zaraffel" mit einem der Haupttexte aus dem ersten Teil. Die so enstehende Sammlung im **ECHOLOT** kann als die experimentellste Rubrik des Magazins bezeichnet werden. Das liegt auch daran, dass die Texte Nachrufe auf Arbeiten aus älteren Ausgaben sein können. Sogar auf mehrere Texte gleichzeitig wurde bereits kreativ geantwortet. Woran man den Referenztext erkennt, wird zu Beginn der Rubrik kurz erläutert.

In jeder Ausgabe begrüßen die Zaraffel auch Gäste. Der **Taubenschlag** soll denjenigen, die ebenso wie wir dem literarischen Probieren verschrieben sind, eine Bühne bieten. In jeder Ausgabe wollen wir mehr und mehr talentierten oder bereits etablierten Kunstschaffenden die Möglichkeit geben, an Zaraffel teilzuhaben. Das ist eine Chance, gemeinsam zu wachsen.

Abgeschlossen wird jede Ausgabe im **SCHLAFITTCHEN**. Dieser Teil bietet ausklingend jedem Mitglied im Wechsel die Möglichkeit, eine persönliche Arbeit im Detail vorzustellen oder einfach noch mehr Raum für Neues.

Unser Ziel ist ein Projekt, das seine eigene Entstehung und Weiterentwicklung kritisch begleitet. Was genau wir wollen, könnt ihr vorab auch in unserer *Vision* lesen. Ihr findet sie nach dem Inhaltsverzeichnis und auf unserer Webseite.

~

Neugierig geworden? Dann scannt doch unseren QR-Code, besucht uns auf unserer Webseite oder kontaktiert uns via E-Mail und sozialer Medien.

Mirona C.

In Transylvania and Potsdam I find myself at home. I enjoy being befallen (vertically) by excellent literature, art and/or theory. Often, my slightly pessimistic mood is being improved by rings and earrings out of or with natural stones. If I feel the need to escape, then my preferred choices are the mountains. Or Zaraffel. Here I can write, paint or draw freely through my personal lens. And have refreshing exchanges of ideas, as well as valuable conversations within a colourful group, through which I can develop further. And stay critical.

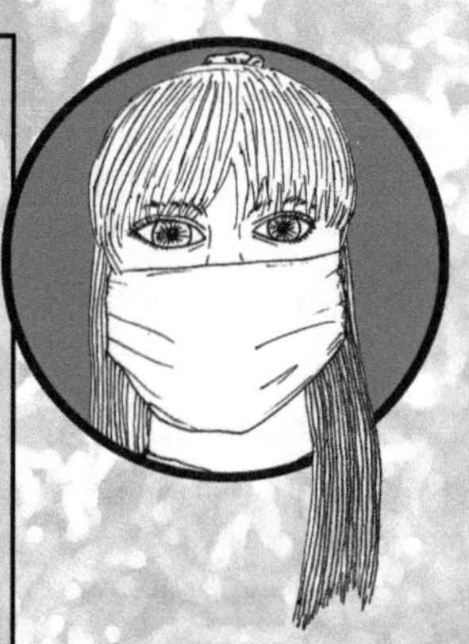

Stella Chachali

I spend my days between Athens and Potsdam, image and text, reality and dream, to be or not to be. I enjoy reading and writing words, viewing and drawing images, listening and singing notes. With eyes practiced in beauty, I am learning to communicate better with you, to hug you in a warmer way and to struggle for you or next to you with more passion. Small as a child, with colourful clothes, I am a member of Zaraffel. As Zaraffel, I try to surpass semiotic borders and to develop polyphonic correspondences, taking part in a magnificent collage of ideas and signs.

Chen-Rui

Nein, einen Spitznamen habe ich nicht, und ja, Chen-Rui
ist mein Vorname. Was ich so mache? Naja, dies, das,
Dinge halt. Auf Arbeit geht es immer sehr hektisch zu.
Daher mag ich es zu Hause eher ruhig. Und gemütlich. Als
ich vor einigen Jahren an einem Flughafenschalter, direkt
vor meiner Nase, ein herrenloses Exemplar von „Die
Entdeckung der Langsamkeit" fand, hielt ich es für
Schicksal – ein Buch über John Franklin, der beim
Ballspielen so langsam war, dass er nur zum Leinehalten
taugte, der immer wieder getäuscht wird von den
plumpen Streichen der Hühner, ein Außenseiter, der aber
in seiner Langsamkeit sich in Bedächtigkeit übt und ein
Auge fürs Detail entwickelt.

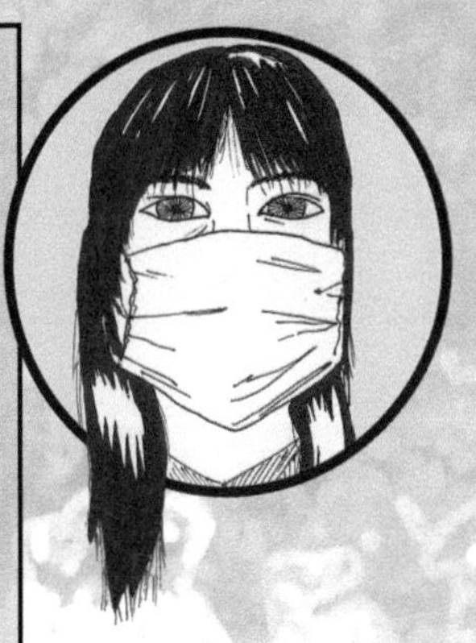

Georgios Dagkakis

Hey there! My name is *Γιώργος*; this is how it is written in
Greek and it sounds like Yioryos; kind of at least. I can try
to pronounce it to you next time we meet, but feel free to
call me George, Georges, Georg – I respond to all of these,
and more. In the mornings, I work in front of a PC, and at
nights I sometimes write on one; other times I read, yet that
is most often on paper (coming from a generation that
cannot feel reading on screen as relaxing) but also on the
computer, mostly when the words come from friends, to
which I frequently reply.

Erik Eising

Im Osten der Republik aufgewachsen und im Westen großgewachsen, wohne ich seit über zehn Jahren im Raum Berlin. Ich esse gern Toastbrot mit Leberwurst und Kartoffeln mit Quark. Außerdem bin ich der Herausgeber des Zaraffel-Magazins, für welches ich kurze, mittlere und längere Texte schreibe und redigiere. Dabei sind mir viele Dinge wichtig, doch eines treibt mich besonders an, nämlich dem Neuen zu begegnen – weil ich weiter wachsen will. Man weiß doch nichts von sich, wenn man das Andere nicht kennt, oder was sagst Du? Wenn wir uns das nächste Mal treffen, dann sag mir doch, was Dir wichtig ist; ich bin schon gespannt.

Tim Redfern

I grew up in Melbourne, but fate brought me unexpectedly to Berlin. Now I live between books, a screen, red wine, and my nostalgia for the forests and fresh air of Toolangi and the Dandenongs. I get my kicks from delving deep into literary-politico-theological worlds and then rearranging their patterns anew on the page. I see the world as text, at once both human and divine, written but still open for rewriting; fixed and yet free to be endlessly remade. As a contributor to Zaraffel, I am excited to be part of a literary project that reflects both diversity and relationality.

WAS BISHER GESCHAH...

Im Namen der Zaraffel freue ich mich, Euch die vierte Ausgabe unseres Literaturmagazins vorstellen zu dürfen. Sicherlich habt Ihr schon bemerkt, dass konstant kleine Änderungen am Erscheinungsbild des Hefts vorgenommen werden – auch diese Seite gehört dazu. Ich möchte sie nutzen, um Euch einen Einblick in die Zeit zwischen der jeweils vorherigen und der Ausgabe zu ermöglichen.

Unter vielen Ereignissen, möchte ich zwei besondere hervorheben:

Unsere erste Lesereihe war ein großer Erfolg, weshalb wir uns hiermit recht herzlich beim Team des KuZe Potsdam (besonders bei Sara) sowie beim Team des Hopscotch Reading Rooms (besonders bei Siddhartha) bedanken wollen. Ein ganz großer Dank gebührt auch unseren Gastleserinnen, die in dieser Ausgabe erneut mit Arbeiten im Taubenschlag aufbieten. Wer uns live erleben will, hält am besten Ausschau auf unserer Webseite oder folgt uns in den sozialen Medien. Dort werden auch kommende Termine bekanntgegeben.

Das zweite Ereignis, von dem ich Euch so gern berichten will, sind in Wahrheit gleich drei: Die Zaraffel Gruppe wird in den kommenden Monaten durch drei (*ganz junge*) Mitglieder bereichert werden. Wir schreiben Euch diese Zeilen voll jubelnder Vorfreude; allein, sie lässt sich schwerlich in Worte fassen. Kurzum, Zaraffel wächst und wir freuen uns, wenn auch Ihr uns weiterhin begleitet.

~ Eising

This fourth edition of Zaraffel comes without any textual contribution from me, as my writing energies have recently been focused on a professional project, due for publication in January 2023. Instead, I have taken part in our live reading sessions in Berlin and Potsdam, relishing the power of text as spoken word from behind the microphone. I look forward to more live readings, and to more creative writing in the new year.

~ Tim Redfern

Inhalt

KRITZELEIEN 17

Unter dieser Rubrik stellen die Zaraffel ihre Haupttexte vor.

Zaraffels Vision

Du wirst dich gefragt haben, was wir damit meinen und wir werden Dir geantwortet haben, Du müsstest nur in Dich hinein gehört haben. Tausend Fragen oder ein paar weniger, selten zählt mal einer nach. Seltener noch ist eine dabei, die Dich wahrhaftig angeht. Der ganze verdammte Rest liegt sanft begraben; unterm Flickenteppich der Beruhigungsunterhaltung liegen betäubte Zweifel gekehrt neben Staubwolken, Reihe für Reihe, als wäre weiter nichts los. So ist unser Leben, reden wir uns ein und hoffen dabei doch zu oft, wir mögen es uns selbst geglaubt haben. Wir irren, weil wir wandeln. Als es der ahnungsvollen Zweifel zu viele wurden, begann sich etwas zu regen in uns. Als Bewegung zunächst ziellos, richtete Zaraffel sich zeitig auf. Dies Heft, das Du in Händen hältst, wird die Verkörperung unserer Vision gewesen sein.

Ob es der Mühe wert gewesen sein wird? Die Tätigkeit des anderen zu verstehen, unter größtmöglichen Anstrengungen zu bezeigen, was denjenigen, der mit mir in Kontakt tritt, angeht, was ihn bewegt, was ihn ausmacht: das ist es, was sich für Zaraffel wahrhaftig anfühlt. Unsere Vision ist daher die der Korrespondenz und jeder, der sie teilt, ist Teil von Zaraffel. Ob es sinnvoll gewesen sein wird? Na unbedingt, es wird sogar nichts als Sinn gewesen sein. Scheinbar ist gerade alles zu haben, wenn nicht zum Sonderpreis, dann doch wenigstens mit überaus geringem Aufwand erhältlich. Ob Charisma, Charakter, Kreativität; Wissen wurde zu Information, und damit erwerbbares Gut; Anstrengung und jegliche vorangegangene Arbeit scheinbar überwunden. Der genusssüchtige Optimismus kauft sich frei von Mühe, während er sich weiterhin einredet, jede Zukunft sei möglich, nur noch nicht eingelöst. Bloß, die Zukunft wird kein verwerteter Gutschein gewesen sein. Es benötigt Zeit, Arbeit und Strebsamkeit - Hingabe - um hinnehmbare Ergebnisse zu erzielen und sowohl das, was hinter dem Ereignis steckt als auch das, was ihm vorausgeht, ist oft deutlich bemerkenswerter.

Das einst zwingende Spiel, der eingleisige Humor, ist also ernst geworden: Nur weil neue Antworten auf alte Fragen gefunden wurden, machte sie das nicht weniger fadenscheinig. Auch das Neue hat ein Recht darauf, kritisiert zu werden, und Recht ist notwendig, da ansonsten sich die längst verschwommenen Konturen relationsloser Kategorien wie „gut" und „böse" wieder einschärfen würden. Wir sehen niemanden mehr, der darüber ein für alle Mal urteilen könnte: Allein im anhaltenden

You will have been asking yourself what this means, and we will have been answering: you just needed to listen to your own inner voice. A thousand questions - give or take a few - will have been running through your mind. You will have rarely been keeping track. Rarer still might one of these questions have truly concerned you.

The whole bloody rest has gently been buried, your doubts lying numb beneath a frayed rug of sedative entertainment, swept between piles of dust, as if nothing was really happening. That's how life is, we tell ourselves, hoping all too much that we just might believe it. We stray as we wander. Once the ominous doubts became too many, something within us began to stir. In due time emerged a movement, directionless at first: Zaraffel. The printed volume that now rests in your hands will have been the embodiment of our vision.

Will it have been worth the effort? To comprehend the work of another; to understand, even with the greatest possible effort, those who reach out to us; understanding what concerns them, what moves them, what they stand for - that is what feels truthful for Zaraffel. Our vision is thus a vision of correspondence, and those who share it deserve their share in Zaraffel. Will it have been meaningful? Without a doubt. It will, in fact, have been nothing but meaning.

These days it seems that anything can be accomplished without the slightest effort, and if not, it is for sale. Whether charisma, character, or creativity, it doesn't matter; knowledge has collapsed into mere information, and, as such, become a commodity. Honest endeavour and labour seem superseded. Hedonistic optimism buys its way out of pain, all the while believing that any future is possible if it can only be cashed-in on. The future, however, will not have been a coupon.

It takes time, labour and ambition - in a word, commitment - to achieve satisfactory results. Both what is behind the event as well as what precedes it, is more than meets the eye. The once compelling game, a one-sided humour, became serious: just because new answers were found to old questions does not mean they are less threadbare.

Austausch kann es noch gelingen, zwischen den Aporien des Lebens zu vermitteln.

Gott war nur mal Kippen holen, doch kam nie mehr zurück. Sein Abgang, wenn auch von schwachen Geistern und Kindsköpfen anderer Gesinnung spöttisch begrüßt, war keineswegs versuchshalber oder auf Probe. Nietzsche vermisste ihn schrecklicher als viele nach ihm. Das Ziel, die zweckmäßige Handlung indes, war auserkoren worden, diesen Verlust zu kompensieren. Entwicklung und Fortschritt, ursprünglich noch von Gottes Gnaden, sollten nun ihren einstigen Gönner ersetzen; ein Fehlentwurf. Übrig blieb allein das Ziel um seiner selbst willen – die Bedeutung solch gestalteter Industrie ist heute so hohl wie das Zeichen, dem sie entsprungen war. Wie so manches unter den Teppich gekehrt wird, wurden dabei innere Prozesse der obsessiv verfolgten Entwicklung zu Unrecht vernachlässigt.

Nun müssen wir doch feststellen, dass sich unsere Erkenntnis derselben Illusion des Untergangs verdankt. Philosophen schrieben *„causa causae est causa effectus"* und meinten damit, selbst unser Scheitern wäre nicht grundlos. Wir lassen es erst gar nicht darauf ankommen und werden noch heute tätig. Warum, fragst du dich? Zaraffel wartet nicht in lethargischer Ewigkeit, im Komfort der glattkonstruierten Plastewelten des Digitalen. Wir müssen es tun, weil Ihr es nicht macht. Wir fühlen es auf unseren Schultern; auf unseren Armen und Beinen, auf unserer Generation lasten Generationen von Schulden, manche eingelöst und wieder andere nicht. Das meiste ist nicht Dein Problem, doch sei herzlich eingeladen, hier zu halten, die Reisekoffer stehen zu lassen und den Flug mit uns zu verpassen, sobald Du in dieser Wunderkammer voller Kuriosa einen Ansporn dazu gefunden hast. Lass mich versuchen, Dir in der Zwischenzeit aufzuzeigen, weshalb wir uns dafür verantwortlich fühlen wollen. Diese Verantwortung, welche sich für uns aus der Notwendigkeit heraus ergab, werden wir gemeinsam übernommen haben.

Mit Gott starb sowohl der Anspruch auf Moral als auch das perfekte Motto, ferner wurde die Wahrheit an sich verdächtig. An sich selbst zu denken ist als Handlung intellektuell oft notwendig und moralisch indifferent; Gemeinschaft aber entsteht nur dann, wenn für das Wesen ihrer Mitglieder gesorgt würde. Zaraffel wird denen Trost (παραμύθι) gespendet haben, die Mitleid als einzige Triebfeder moralischen Handelns begriffen haben.

Mitleid, moderner: Empathie, ist wie jedes Wort nur Träger derjenigen Botschaft, die sein Empfänger in der Lage ist herauszulesen.

Even that which is new must be criticized; this is necessary, in fact, lest such shapeless categories as "good" and "evil" be again allowed to sharpen their edges. We no longer recognise anyone who can judge these matters once and for all. Solely in continuous correspondence lies a chance to mediate between the aporia of life.

God went out for a pack of cigarettes and never came back. His departure, even if mockingly welcomed by naïve loons and dubious minds, was anything but probationary. Nietzsche missed God dreadfully, more so than many who came after him. Compensating for that loss became, subsequently, the preeminent goal. Development and progress, once made possible by the grace of God, were to replace their former patron. A design fault. What was left over, then? Nothing but progress for progress' sake; the goal of merely having a goal. Today the significance of this endeavour remains as empty as the sign from which it first emerged. As so much is swept under the rug, the inner processes of this obsessively pursued development have been unfairly neglected. Alas, this insight we owe to the same illusion of demise.

Philosophers used to write *"causa causae est causa effectus"*, whereby they meant that even our failure would not have been without reason. We do not want to take our chances, and so we choose to act immediately. Why, you ask? Because Zaraffel cannot wait in lethargic eternity, in the comfort of the constructed, plastic worlds of the digital. We have to act, because others do not. We sense a weight upon our shoulders, upon our arms and legs. Our generation's shoulders carry generations' worth of burdens, some already redeemed, others not.

Most of it is not your problem, but feel free to stay here, leave your baggage where it stands, and miss your flight together with us and allow something in this cabinet of curiosities to catch your eye. In the meantime, let us explain why it is that we want to feel responsible. This responsibility, which for us has arisen out of necessity, is one we will have been assuming together.

With God died not only the entitlement of morality but also the "perfect motto"; moreover, truth itself became suspicious. To care about one's own well-being is intellectually often necessary; morally, it is indifferent.

Unmittelbar geäußertes Mitleid wirkt deshalb oft künstlich, weil es selbst nichts mehr fühlt; diejenige Sprache, die man allgemein für eindeutig hielt, war längst umgewertet worden in ihr ironisch verzerrtes Gegenteil. Das natürliche Abbild des Mitleids, des sich Identifizierens, ist darum im Mittelbaren statt im Unmittelbaren zu suchen – im Text; doch mehr noch als die unmittelbare Kommunikation, steht die mittelbare als Vehikel zur Ausräumung falscher Eindeutigkeiten allein auf weiter Flur.

Wo konventionelle Sprache ebenso wie *computer-mediated-communication* zum aneinandergereihten Geschäftsverkehr belanglosester Information verkommen ist, verlautet das verdichtete Wort die Überwindung von Schluchten zwischen den einzelnen. Uneindeutigkeit auszuhalten ist der unumstößliche Gegenpol zur Fixierungssucht von Bedeutung in unserer immer komplexer werdenden Geschichte. Der Sinn, nach welchem wir streben, fällt nicht einfach aus seinen Buchstaben heraus, sondern muss innerhalb dessen, was er bedeutet, am äußersten Rand seiner Halbwertszeit, immer aufs Neue empfunden werden. Wir sind nicht naiv genug zu glauben, dieses sei ein konventionelles Problem, welches sich technisch lösen ließe.
Zaraffels responsiver Charakter verdingt sich seiner uneindeutigen Vielfalt. In einer erneuerten Literatur muss dieser Vision nach das Ineinanderspielen von Form und Funktion, ihrer historischen Entwicklungen nachspürend, bezeugt sein. Wo immer Distanzen zwischen Lesen und Schreiben überwunden werden, kommen wir zusammen, improvisieren und spielen wir. Unter solcher Definition entgeht auch dieses gedruckte Heft der Staubwüste der Beliebigkeit, allein da es sich ob seiner Materialität nicht in beliebigen Händen befinden kann; es spricht nur zu Dir und doch mit allen, die es lesen; mit allen, die es verstehen lernen wollen. Zaraffel wird sich seinem ambigen Sinn verschrieben haben.

Zaraffel hat keinen monetären Profit im Sinn, und doch verschenken wir nichts. Wir bieten nichts, das diejenigen leeren Symbole, denen wir uns tagtäglich ausgesetzt wissen, abpaust. Druckpreis und Almosen (ἐλεημοσύνη) sind das Signum dieser einzigen Politik, der wir uns qua Produkt anzubiedern bereit zeigen. Wer nichts hat, soll nehmen dürfen und wer geben will, der gibt. Es ist die Hoffnung auf das Kommende in positive Warenlogik übersetzt. Was wir euch nicht verkaufen, ist die Illusion, wir könnten uns die Druckkosten aus den Rippen scheuern.

Community, however, emerges only when we become concerned for the very being of the Other. Zaraffel will have been offering comfort (παραμύθι) to those who understood compassion as the sole driving force of moral action.

Compassion. Or, to put it in more modern language: Empathy. Like all words, it transmits only the message its receiver is able to discern. Empathy, when expressed directly and without mediation, feels often artificial because it itself feels nothing anymore; the very same language once believed to be unambiguous has long since been transvalued into its ironically distorted opposite. Self-identification, compassion's natural image, thus has to be sought in the mediate rather than the immediate – in text, where, lonelier than immediate communication, mediate communication ploughs its own furrow.

Whereas both conventional language as well as computer-mediated communication have been corrupted into the commercial traffic of utterly trivial information, the poeticised word makes known the need to cultivate these fields anew. To tolerate ambiguity is the undeniable antipole to the obsessive specification of meaning in our history that, minute by minute, becomes ever more complex. The purpose we strive for does not just fall out of its letters but requires that its meaning be felt over and over again, up to the very limits of its half-life period. We are not so naïve as to believe this is a conventional problem that could be solved technologically.

Zaraffel's responsive character serves its ambiguous diversity. In a renewed literature that follows this vision, the intertwinement of its form and function must be attested to by tracing their historical development. Wherever the distance between reading and writing can be overcome, we come together, we improvise, and we play.

According to this definition, even this printed volume escapes the desert of arbitrariness, as it cannot rest in arbitrary hands. It speaks to you only, and yet to everyone that reads it; to everyone who wishes to learn to understand it. Zaraffel will have thus devoted itself to its ambiguous purpose.

Zaraffel does not have monetary motives, yet we have no gift to give. We offer nothing that retraces those empty symbols to which we are exposed daily. Printing costs plus alms (ἐλεημοσύνη) are the signs of this single policy to which we, *qua product*, subscribe to.

Nicht allein darum wird man Zaraffel Opportunismus vorgeworfen haben. Der privilegierten Bürde unserer Handlungsfreiheit verpflichtet, belächeln wir diese Kritik herzlichst. Wir handeln heterogen, aus unterschiedlichsten Hintergründen heraus spinnen wir unsere Fäden, verweben unterschiedlichste Themen zu unterschiedlichsten Texten und Textsorten – ausschließlich bisher unveröffentlichtes Material. Dabei wird die Multiplizität unserer Einflüsse zwar von der Oberfläche unserer unterschiedlichen Erfahrungen her entworfen, gleichwohl bezeichnet der Mittelpunkt ihrer Schnittmenge jenen Grund, dessen Tiefe es gilt unter Aufwendung der größten Vorsicht zu ermessen, allmählich, rücksichtsvoll, *lentement*. Unsere gemeinsamen Koordinaten zu erkunden, wird unser Ziel gewesen sein, für dessen Umsetzung wir uns die Hilfe vieler Ähnlich-, Anders- und Weiterdenkenden ausrechnen.

Noch einmal: Was hier geschieht, erscheint uns notwendig; wir suchen, finden, haben alles und nichts. Wir wollen uns nicht politischen Richtungen oder Minderheitsdiskursen affiliieren, gleichzeitig sehen wir keinen Anlass darin, unsere historisch gewachsene Bedingtheit zu bestreiten. Privilegiert sein heißt, ein Problem ignorieren zu können. Zu jeder Tageszeit werden wir das „sowohl als auch" dem „entweder oder" vorziehen. Zaraffel ist kein Vektor, kein Pfeil, der, einmal abgefeuert, nie von seiner Bahn abkommt. An einem schönen Bahnhof auszusteigen, zu verweilen, zu lauschen, eine Kleinigkeit zu verstehen ist Zaraffel; ist: zu gleichen Teilen Ziel und Haltestelle seiner Welt. Zaraffel wird sich als radikal widersinnig beschrieben haben.

~

Mirona C.,
Stella Chachali,
Georgios Dagkakis,
Chen-Rui Eising,
Erik Eising,
Tim Redfern

Those who have little shall be allowed to take; and those who wish to give, may give. This is the hope of what is to come, translated into the logic of commodities. We will not try to sell you the illusion we could conjure up our printing costs ourselves.

Not for this reason alone will Zaraffel have been accused of opportunism. Indebted to the privileged burden of our freedom, we greet this kind of criticism with heartfelt smiles.

We act heterogeneously, spinning our threads across diverse backgrounds, interweaving different topics in and throughout different texts and genres. Unpublished material only. In doing so, the multiplicity of our influences will be reflected from the surface of our diverse experiences, sketching at the same time the heart of their coordinates, whose depth we wish to gauge gradually, considerately, *lentement*. To explore our common coordinates will have been our goal, the realisation of which we entrust to the help of many who think alike, differently, and/or beyond.

Again: What happens right here seems necessary to us; we seek, find, and have everything and nothing. We do not want to affiliate ourselves to a particular political tendency, nor to a particular minority discourse; at the same time, we cannot deny our historical contingency. To be privileged means being in the position to ignore a problem. At all times, we will prefer the „Both/And" to the "Either/Or". Zaraffel is not a vector, an arrow that, once fired off, never strays from its course. Zaraffel is to hop off at a beautiful station, to listen, to understand a nuance. It is both the destination and waystation of its world. Zaraffel will have described itself as radically preposterous.

~

Mirona C.,
Stella Chachali,
Georgios Dagkakis,
Chen-Rui Eising,
Erik Eising,
Tim Redfern

KRITZELEIEN

**Unter dieser Rubrik stellen die Zaraffel
ihre Haupttexte vor.**

Dabei heben sich deren literarische Formen kontrastreich
voneinander ab. Ist es Lyrik, Essay, Kurzepik, Comic oder
Bericht?, – kein Genre wird essenziell definiert oder genießt
einen Vorrang vor dem anderen. Hier finden sie sich alle als
„Kritzeleien" wieder und verkörpern so, was mit Zaraffels
Vision gemeint ist.

petra lebrecht

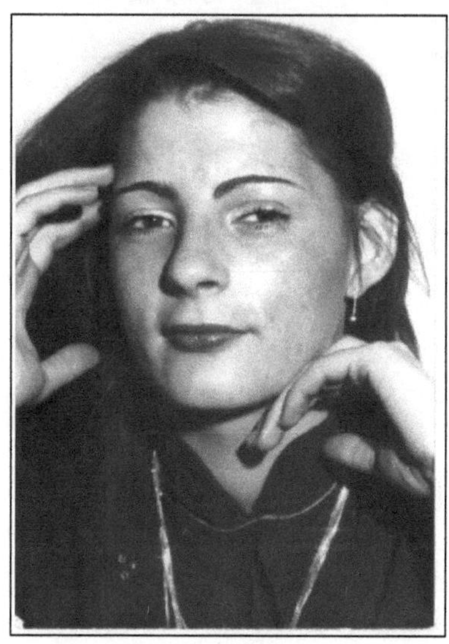

1. Vom Tod

Das Leben ist ein Instrumentalstück, aus dessen Takt dürfe man bloß nicht fallen. Jedenfalls sagte das mal einer, der nicht ich war. Ich fragte mich manchmal, ob ich dem trauen sollte, was mir vorgedacht worden war. Die Melodie meines Lebens wird die einer Wüste gewesen sein; Brandenburg gehört zu den trockensten Gebieten Deutschlands und zum ich weiß nicht wievielten Mal infolge erleben wir den heißesten Sommer, seit so etwas gemessen wird. Sie werden nicht müde es zu erwähnen, seit die ersten begonnen hatten sich dafür zu interessieren. Das war also der Takt dieser Zeit, meine Gedanken zerplatzendes Plattenknistern auf glühendem Sand, und nicht selten kam der verdammte Durst, begleitet vom trockenen Pochen in meinen Schläfen, morgens. Dieser Sommer, diese Stadt und dieses Büro – alles schien trocken zu sein, außer mir selbst. Das kommt von der Hitze, dachte ich mir und erkannte direkt, wie gern ich mich täuschte, obwohl nichts davon gelogen war, denn darauf kam es an, beim Betrügen.

An die vielen Stunden, die ich hier alleine saß, hatte ich nie denken wollen, weshalb vorzugsweise kein Ziffernblatt in Blickweite sein durfte, und neben Tellern von verkrusteten Essensresten oder den ein, zwei leeren Kaffeetassen, wusste auch der verdorrte Kaktus am Tischrand, wieso; die Sache war verzwickt. Die Sache dröhnte unter warmem Schreibtischlicht: Ein dünnes Heft, nein, eigentlich nur ein paar Seiten vertrockneten Papiers, sie mussten einmal sauber mit der Maschine abgetippt worden sein, vor etlichen Jahren. Hier lagen sie vor mir, zu Pergament verstockt, vom faserverstärkten Klebeband mit einem Rücken versehen, der die letzten Jahrzehnte den Eindruck hinterließ, hier handele es sich um ein zusammengehöriges Ganzes.

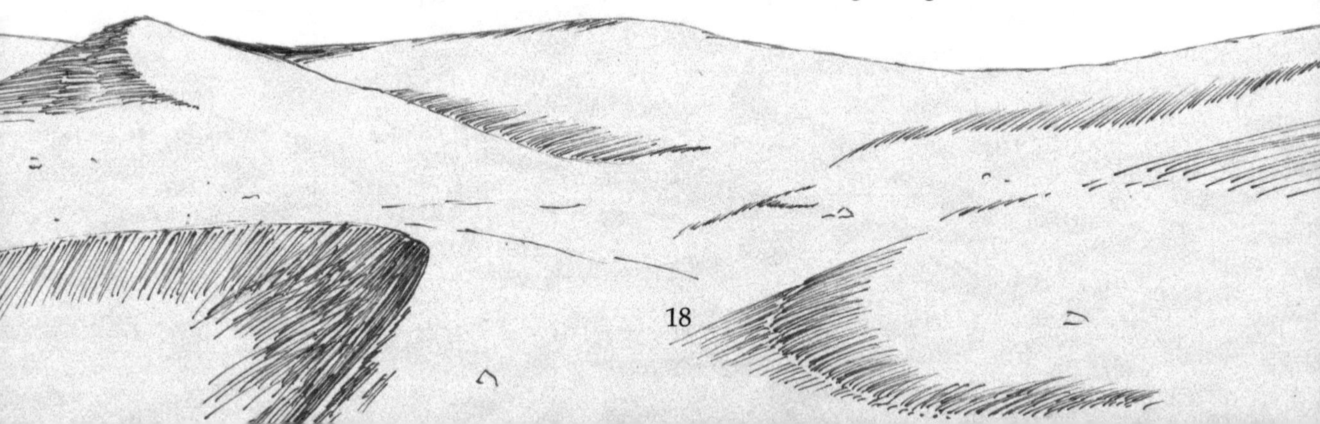

Das gesamte Ermittlungsbüro glich meinen Zweifeln an allem, wo der Leim zunehmend zu bröckeln begann. Über die letzten Wochen hatte sich der Arbeitsfluss zum Wadi verwandelt: Ausgetrockneter Wasserlauf mit vier Buchstaben – ich verstand es bestens, mir diese humorlose Zeit mit Kreuzworträtseln zu vertreiben. Der Fall, an dem ich hier kleben blieb, brachte nur noch vereinzelte Blätter aufs Furnier meiner Schreibtischwüste. Mir war bewusst, dass diese Dinge Geduld fordern, und auch wenn ich im Trockental festsaß, war ich deswegen nicht gleich sicher vor Springfluten. Man könnte meinen, ein Unheil mit dem nächsten zu tauschen sei schwerlich ein weiser Wunsch, doch wem die Kehle brennt bei trockener Luft, dem verlangt vielleicht nur nach feuchterem Brennen in derselben.

So vergingen hier die Tage, Solitüde am Ostkreuz, und das Blätterfurnier wuchs derweil zur Kluft zwischen mir und dem Gefühl einer klassischen Spur zu folgen. Dachte es und vermutete sodann, das Feld der Archäologie endlich verstanden zu haben: im Rückblick ergibt sich aus den feinsten Ablagerungen ein kohärentes Bild. Das Spannende dabei bleibt, die Lücken zu füllen. Das war ja eigentlich mein Job, hier, und in der Tat erzählte ein Querschnitt durch meine Unterlagen so etwas wie eine Geschichte. Dieses Heft, das vor mir lag, es war der bislang größte Anhaltspunkt meiner nächtlichen Durststrecken. Doch es enthält von jener Person, die meine Mandantin um den Preis meiner Spesen und ihrer Lebenszeit wiederfinden will nach Jahren, nach Dekaden, nur den Namen: petra lebrecht.

Der Blick ins Einwohnermelderegister ist ohne Weiteres nicht jedem gestattet, doch worauf es dabei ankommt Informationen zu erhalten, erwähnte ich ja bereits. Ohne Weiteres erfährt man auch nicht, wie man die internen Landleitungen der Behörden anzapft und wer sich, wie ich, lang genug durchs Sediment gegraben hat, stößt früher oder später auf Quellen, deren Existenz bedeckt zu halten auch dem eigenen Überleben dient.

Zwischen dem Telefonhörer und meiner Hand bildete sich jetzt wieder dieser dünne Schweißfilm, von dem ich manchmal glaube, er würde von der Hörmuschel abgesondert, obwohl das ganz unmöglich ist. Solche gedanklichen Verwirrungen passieren mir ständig, das kommt von der Hitze, und das bisschen heiße Luft, das sich zwischen all den Staub Ostberlins zwängt, transportiert keinen kühlen Gedanken durchs Zwielicht. Ende des Plädoyers.

Getragen vom Kreischen des unwillkürlichen Güterzugs, der von den Dispatchern in nächtlicher Pünktlichkeit seinen Bremsvorgang ins Unendliche hinauszuziehen schien, war diese Luft, wenn man sie so nennen konnte, mit den Signalen am anderen Ende des Telefonhörers schlicht überfordert gewesen. Erst als der Lärm abzuebben begann, verfingen die feineren Wellenlinien wieder und drangen aus dem Hintergrund in mein Ohr. Hinter jedem Anruf steckt ein chiffrierter elektrischer Impuls, der über die gewählte Nummer an den gewünschten Anschluss übermittelt wird. Manchmal hört man das Knistern noch.

Ja, laut und deutlich, haben Sie aber bitte einen Augenblick Geduld – –.

Die Beamtin auf der anderen Seite bescheinigte mir, es käme nicht häufig vor (*nie*), dass eine um diese Uhrzeit anriefe, wenn es sich nicht um einen dienstlichen Notfall handelte. Mit einigem Erstaunen fiel mir erst darüber auf, wie spät es gewesen ist. Ich war zu sehr daran gewöhnt, die Tageszeiten nach hinten zu verschieben, dass ich nicht bemerkt hatte, sie längst schon ausgetauscht zu haben. Das machte nun zwei Gründe, die das aufwogende Schamgefühl erklären konnten. Ich ignorierte es.

– – Sind Sie noch dran?, gut. Also, Sie haben wirklich Glück, die Kollegin war gerade noch erreichbar. Ich stelle Sie jetzt durch, aber, wie gesagt, fassen Sie sich kurz, ja?

Zuerst war Stille, die hielt nicht lange. Ein Zug, der die Gleise aus nördlicher Richtung zerschliff, riss das Dröhnen in der Leitung entzwei, durch welches sich für gewöhnlich die Dunkelheit fortbewegt ans Ohr der Telefonabonnenten. Ich eilte zur Balkontür, um sie zu schließen und während der Lärm dumpf verebbte, begann ich die Stimme einer Frau zu vernehmen, die wohl zu mir sprach. Sie klang wie in einem Traum gefangen oder war sie es bloß gewohnt, am Arbeitsplatz zu dösen, um diese Uhrzeit? Im Nachhinein sind die spontanen Erklärungsversuche, mit denen wir uns unsere Realität retten wollen, oft die lächerlichsten. Der Lärm, den die Bahn verursachte, vertuschte diese Zeile meines inneren Monologs an genau jener Stelle, wo mir klar wurde, dass es ein Lied gewesen ist, das allmählich in die Warteschleife eingeblendet worden war. Darum konnte es mich nicht überraschen, als diese Sängerin vorgab zu wissen, dass jemand mit drei Wunden zu ihr kam. Mühsam kroch ihre Melodie über das Rauschen der Leitung, schlug sich durch dichtes Netz und rief dabei nach mir mal von ganz nah, mal von weit entfernt, wie es schien, sodass ich ihr die Hand hätte reichen wollen, bevor ich sie auf immer verlöre. Das Lied stoppte augenblicklich.

– – Bürgerservice Mannheim, T. am Apparat, guten Abend?

Für kurze Zeit musste ich durcheinander gekommen sein, als sich die richtige Angestellte meldete. Ob sie das Lied aus der Warteschleife nicht auch so schön fand?, war sie verblüfft, das war mal etwas neues, sagt sie – in all ihren Jahren im öffentlichen Dienst hätte ihr diese Frage noch keiner gestellt, aber nein, aber gut, worum ging's denn in dem Lied?, will sie durch die Leitung wissen. Sage ich: von der Liebe, vom Tod und vom Leben. Ach... Sie sind es?, dämmert es ihr. Und ob ich denn unterrichtet worden sei, dass Hochsicherheitsleitungen für derartige Gesprächsverläufe keine Kapazitäten vorsähen – –. Freilich nicht meine favorisierte Antwort auf die vereinbarte Losung. Also komme ich zur Sache und sie belehrt mich, mir eine Auskunft dieser Art nicht erteilen zu dürfen. Wieder dieser feuchte Film auf dem Telefonhörer. Ob sie denn wisse, dass es nicht anders gehen wird? Das nun wieder könne sie nicht abstreiten und nach bedenklicher Stille fügt ihr Seufzer an, sie werde einmal nachschauen, ausnahmsweise, *sodass die Wunden verheilten*, und schmunzelt vernehmbar in meine Richtung. Der Vorgang werde einige Zeit dauern, da ihn anonym auszuführen in unser beider Interesse liege, wofür ich außerordentliches Verständnis zeige. Spuren zu verwischen gehört zu den Kernkompetenzen von Kriminellen und privaten Ermittlern beidermaßen, ist also ein vertrautes Instrument. Aus den genannten Gründen werde sie mich zurückrufen und beendet daraufhin das Gespräch einseitig.

Sinkt der Fernhörer auf den Gabelumschalter des Apparats, steigt zeitgleich der brennende Durst aus der Magengrube. Also geht man in die Küche, öffnet das Kältefach und entnimmt ihm zwei, drei Eiswürfel. Den angrenzenden Hängeschrank öffnet man nach langjähriger Übung formvollendet, indem man mit einem Schwung der Hüfte den Kühlschrank schließt. Mit Links greift man nach dem dünnsten Glas und lässt mit Rechts das Eis hineinfallen, noch bevor es die Ablage erreicht. Ritualisierte Eile ist das Gebot jeder Sucht, doch schon beim Aufdrehen der Flasche sinkt der Druck im Magen, entkrampfen die nervösen Glieder, fließt frisches Blut durch jede Ader. Jetzt bemerkt man wieder die senkrechte Falte zwischen seinen Augenbrauen, in die man immer tiefer abzurutschen droht.

Genauso senkrecht hielt ich in jener Nacht, wie in vielen vorherigen, die offene Flasche über mein Glas, bis es voll bis zum Rand war, in der Hoffnung, ihm diesen Zustand bald abnehmen zu können. Hob das Glas und nahm, Prost!, zwei große Schlucke, bis das Telefon klingelte. Das machte zwei Gründe, das erleichterte Aufatmen nach Wochen erfolgloser Bemühungen und einer offenen Rechenschaft vor meiner Mandantin zu erklären. Beschwingten Schrittes auf dem Weg ins Büro war ein Grinsen unabwendbar geworden, was es in der Folge noch breiter wachsen ließ. Zuerst nahm ich den Hörer ans Ohr und fragte, wie es stünde. Schloss dann meine Augen, wie ich den Drink ansetzte:

Hier gibt es keine petra lebrecht.

2. Von der Liebe

Die Nächte, in denen ich Luft für eigene Gedanken übrig habe, werden weniger mit den Jahren. Der Hochsommer ist gekommen, sie sprechen noch immer von Hitzewellen, und dass das Schlimmste uns noch bevorstünde. Sie sagen das jedes Jahr, das sagte ich schonmal, es wird ein *running gag* werden und das Publikum wird künstliche Lacher aus sich herauspressen. Mit Blick auf meinen letzten Eintrag fällt es nicht schwer zu erraten, wie entmutigt ich war, als meine beste Spur im Sande verlief. Die Hitze, sagte ich und sage es, sie ist schuld. Man fasst keinen festen Gedanken mehr und selbst weitergraben bot mir nur Sand zum Fundament meiner Untersuchungen. Der Grund sackte einfach unter mir weg; ich sank tief. Wieder kreischt eine Bahn am Ostkreuz vorbei und schickt den Wind an, mich sanft über den Umstand zu trösten. Wenigstens die Nächte waren in letzter Zeit erträglicher geworden.
Was mich an dieser Lage ernstlich plagte, war das eigene Unvermögen den Fall zu lösen – was sage ich: auch nur eine Spur der Gesuchten zu erhaschen. Nichts in mir war dieser Zeit willens zu behaupten, der stockende Ermittlungsstand krankte an meinen Methoden,

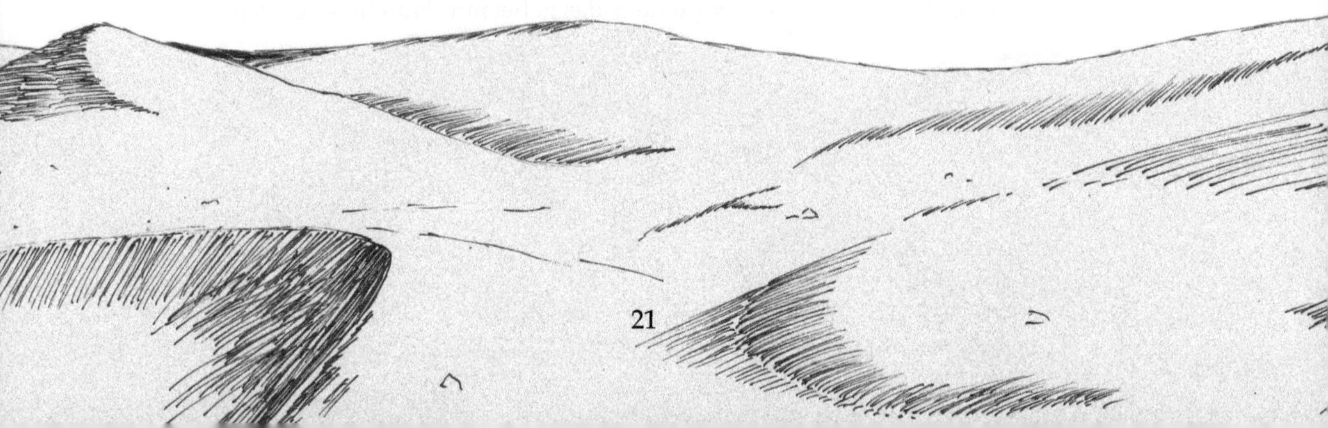

meiner Nachlässigkeit oder einem groben Fehler meinerseits, und dennoch suchte ich einen solchen, was mich in paranoische Endlosschleifen zurückwarf – das hatte ich vorher nicht gekannt. Das schwoll ungeheuerlich über die Matratze auf dem Bett und würde bald all die Pappkartons von gelieferten Mahlzeiten unter seine Falten gezerrt und erstickt haben. Ich verließ in diesen Wochen die Wohnung nicht, allein meine Gedanken verliefen sich auf Reisen durchs Schlafzimmer. Immer wieder blieb ihr Blick verhaftet auf den Blättern dieses Hefts von 1979, das den Titel „MALZ" trug.

MALZ, das steht für „Mannheimer Literatur Zeitung", obwohl allein ihr Format schon damals für Zeitungen unüblich gewesen sein musste. Ein glücklicher Zufall hatte es mir in die Hände gespielt, als ich zu Beginn des Sommers auf einer Veranstaltung nahe eines kleinen Buchgeschäfts im Publikum saß. Dort stellten sechs Autoren eine Sammlung von Gedichten und kurzen Texten vor, die sie zuvor in ihrem Magazin für Literatur veröffentlichten. Derartige Veranstaltungen gehörten eigentlich zu meinen liebsten Zeitvertreiben in der Stadt, weil Berlins literarischer Untergrund mit einem doppelten Boden versehen ist, wo Ideen Platz finden zum Ineinanderwuchern. Manchmal hört man von dort bestes Zeug, man braucht nur manchmal etwas Geduld.

Diese Lesung jedenfalls war etwas langatmig und man hätte vielleicht die bedeutungsschwangersten Texte mit musikalischen Zwischenstücken entzerren können, doch das ging mich nicht annähernd so sehr an wie die drückenden Temperaturen unter freiem Himmel. Selbstverständlich war mir mein Durst auch hierher gefolgt. Zu meinem Glück war die Theke des Buchgeschäfts anlässlich der Veranstaltung zur Bar umdekoriert und es wurden sogar ein paar brauchbare Drinks angeboten. Also stand ich zwischen zwei Vorträgen auf, ging hinein und bestellte. Am Ausschank füllten sie die zarten Plastebecher bis zum Rand, sodass man aufpassen musste, sie beim Zupacken nicht zu zerdrücken. Ich bezahlte nickenden Lächelns und schlurfte die Gänge des Geschäfts entlang zwischen zu Türmen aufgestapelten Heften, Büchern, Katalogen und Magazinen, das meiste davon *out of print, and thus: rare*, wie mir der Besitzer ungefragt weismachte. Gelogen war es wohl nicht, es musste sich hier vor allem um Antiquitäten handeln, allein der Geruch ließ es erahnen, der aus den Korridoren strömte; so sah man sich plötzlich im Nachteil, wollte man mit vollem Becher an den zahlreichen Besuchern vorbeikommen, die sich lieber dem Dunst von saurem Leim hier drinnen als der draußen sich verflüchtigenden Poesie aussetzten oder allgemein Zuflucht vor der brennenden Sonne suchten.

Als ich planlos wieder meiner Ungestörtheit auf die Fersen trat, ich erinnere mich noch, da stand ich vor einem winzigen Regal für selbstverlegte Literaturmagazine, griff wahllos eines heraus und betrachtete seine Titelseite. Der Schutzumschlag war von kalten Farben überflutet und in seiner Mitte war ein zerknülltes Papierschiff abgebildet, das schien auf dem Acrylmeer dahinzusegeln, das musste aus einem Karoblock herausgeschnitten worden sein. Darüber prangte in dicken Lettern der Titel des Magazins und darunter: „Hier probt Literatur". Der Satz brachte mich zum Schmunzeln – deswegen erinnere ich mich so genau – der war arrogant und bescheiden zugleich und ich konnte nicht sagen, in welche Richtung er eher deutete, das gefiel mir. Nun ließ sich das Format mit nur einer Hand kaum durchblättern, und auch mein Versuch, das Heft zwischen Ellbogen und Oberkörper zu klemmen, verhalf mir bloß zu ein bisschen Daumenkino. Vielleicht sollte ich dem Untertitel glauben und es einfach ausprobieren. Dachte es und wurde prompt darauf angesprochen: Diesmal war es kein Versuch mir etwas zu verkaufen, das ich bereits in der Hand hielt, sondern eine andere Kundin des Buchladens, die mich das Magazin hatte herausfischen sehen und mich höflich beglückwünschen wollte (*die sind mittlerweile echt schwer zu bekommen*). Zu Zeiten ihrer Veröffentlichung hätte sie alle Ausgaben des Magazins gelesen (*meine Schwester ist da immer rangekommen*) und bestand darauf, ich täte gut daran, es ihr nachzumachen, also kam man ins Gespräch.

Vielleicht verdingt es sich der Unverbindlichkeitssucht ihrer Einwohner, doch sprechen zwei Unbekannte in Berlin unter sich, wird oft ganz deutlich, dass diese Stadt dort ansetzt das Individuum zu verschlucken, wo sein Name beginnt. So versäumt es sich als selbstverständlich, nach ihm zu fragen. Wir sind alle Niemand, und niemand macht sich etwas daraus, den zig Seelenverwandten, denen er hier nachtschwärmend in unzähligen Bars und Diskotheken begegnet ist auf einen Wimpernschlag grinsend sich zu entreißen, denn Nichts kann und soll verweilen, in Berlin. Ihre Schönheit schreibt diese Stadt nicht gern hinter Gitterstäbe, sondern lässt sie treiben. Stellte sich wer gegen diese Weisung, er machte sich des Verbrechens verdächtig, hässlich zu sein. Nein, darauf verzichten wir. Berlin bleibt großkariert fürs Ego und Niemand wagt es, die erste Silbe seiner Parzelle fallenzulassen, um zu sehen, was dahinter stehenbleibt.

Das Prinzip des Magazins war schon ganz clever, sagt sie. Zwar wirkten alle Texte in den Heften recht unterschiedlich, doch wer genauer gelesen hätte soll bemerkt haben, wie sie sich mit der Zeit immer weiter ineinander verflochten. So hinterließen die ersten Texte Lücken für die nächsten zum Schließen und so weiter. Das sei deshalb so erfrischend gewesen, weil es den Lesern mit der Zeit das Gefühl gab, es handele sich bei dieser erzählten Welt um ein zusammengehöriges Ganzes.

Ich glaube das war genau, was die Literatur gebraucht hat, damals, und die damalige Generation, allgemein.

Ich bot ihr etwas von meinem Drink an und sie fragte mich, ob ich sie begleiten wolle nach draußen zum Rauchen. Ich begleitete sie.

Weißt du – ich darf doch Du sagen, oder – –? (Sie zündet sich ihre Zigarette an) Also, was viele nicht wissen ist, dass diese Zeitschrift einen Vorläufer hatte, der noch viel älter ist.

Jetzt war ich doch ein bisschen neugierig geworden. Hier erfuhr ich zum ersten Mal von jener studentischen Literaturzeitung, die in den späten 1970er und frühen 1980er Jahren von Mannheimer Studenten aufgelegt worden war. Ich lauschte aufmerksam, als mir erklärt wurde, die MALZ gliche ihrem Nachfolger zwar nicht um das Merkmal des Ineinanderfließens aller Texte, wohl aber in seinem Anspruch, literarische Vielfalt abbilden zu wollen.

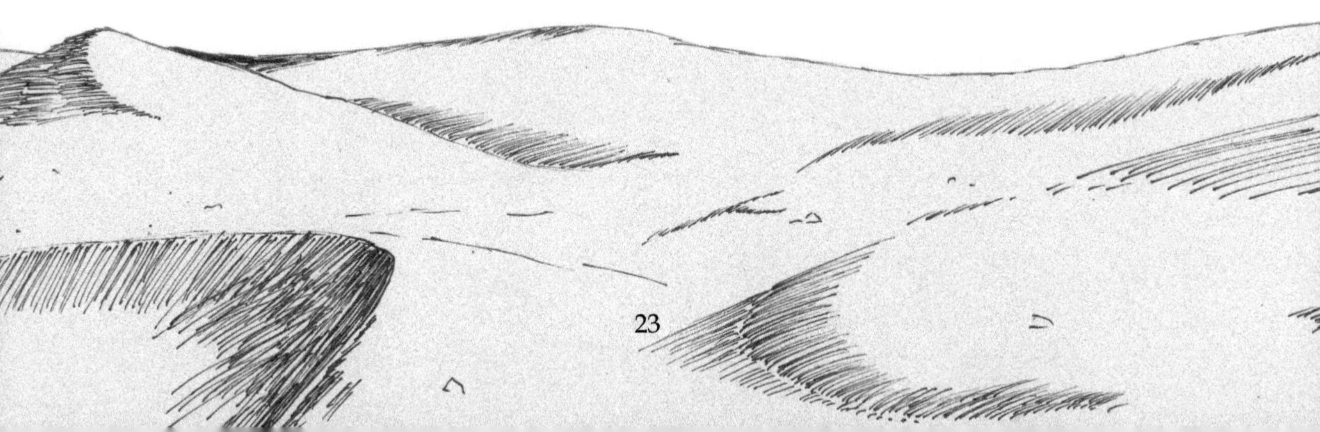

Sie wartete nicht darauf, bis ich mein Einverständnis demonstrierte, sondern griff in ihre Tasche, zog zwischen verschiedenen Heften darin das dünnste heraus und reichte es mir. Es war die erste Ausgabe der MALZ, in steifes durchsichtiges Polyvinylchlorid eingeschlagen:

Als Antwort auf meine Verwunderung, weshalb sie eine derartige Antiquität einfach mit sich herumtrüge, bekam ich außer einer kopfschüttelnden Geste bloß ein halbes Winken und den Verweis, die sei von einer guten Freundin geliehen. Sie verlor darüber keine Zeit und ließ sich das Heft wieder zurückgeben, um darin zu blättern und mir einige ihrer Lieblingsstellen zu rezitieren. Einige der Gedichte seien hervorragend, obschon die Prosa bisweilen aus der Zeit zu fallen schien, doch gerade die ersten Schritte junger Poeten seien ja mitunter als die charmantesten zu verfolgen. Ich stimmte zu.

Hier, schau mal, das mag ich:

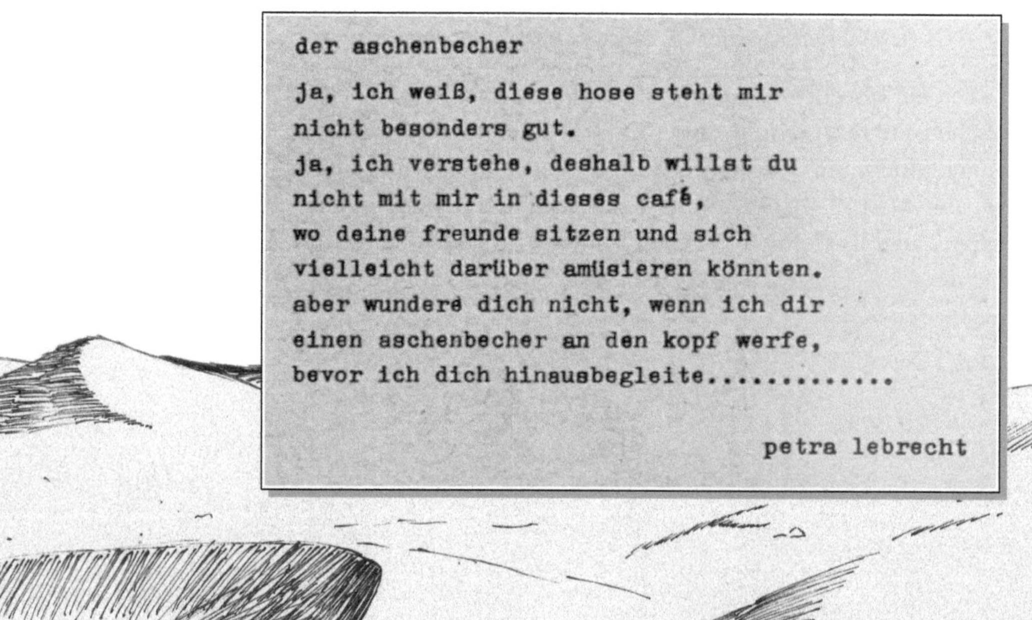

Danach gab sie mir das Heft zurück, ich solle einfach mal darin blättern, könnte es später zurückgeben. In etwa zur selben Zeit war die Lesung vor dem Buchgeschäft an ihr Ende gelangt und die Menschen standen auf, schüttelten Hände, unterhielten sich, scherzten und lachten miteinander, einige erwarben die vorgetragenen Texte als Druckerzeugnis. Wir mischten uns unters Publikum, verloren und fanden uns ein paarmal und ich blätterte tatsächlich kurz in der MALZ, nachdem ich mir den zweiten oder dritten Drink an der Theke holte, unter einem Schirm auf einer Holzbank sitzend im zum Abend hin schwächer werdenden Sonnenschein. Unter Alkoholeinfluss beginnt zuerst das Zeitgefühl zu verschwimmen, und so hatten sich die Momente bereits zu Stunden angehäuft, als nur noch ein paar Leute herumstanden und der Innenhof wieder die Geräusche der angrenzenden Straße hereinließ. Die junge Frau von vorhin war noch hier, darauf hatte ich achten wollen, nicht zuletzt trug ich ihr Heft noch bei mir. Sie musste mich allein sitzen gesehen haben, bevor sie auf mich zukam und grinsend ihren Wimpernschlag vorführte.

Bist du allein gekommen – –? Ich bin mit ein paar Freunden hier, wir wollen noch etwas trinken gehen mit den Veranstaltern; komm doch mit.

Das war keine Frage, das war vorgespielte Höflichkeit. Mir war aus unzähligen solcher Abende vor diesem klar, was hiernach folgen würde, wo es enden musste, dass ich besser ablehnen sollte, und wusste doch, dass ich gar nicht anders konnte. Und ihr musste klar gewesen sein, was es bedeutete, wenn ein angeschlagenes Reh zu äsen beginnt. Berlin malt große Karos, in denen war ich längst verlorengegangen. Ich musste wohl auf der Suche nach etwas gewesen sein; und war verwundet.

3. Vom Leben

Plötzlich anhaltender Regen. Nächtelang strömt er an den karoförmigen Fenstern meiner Ostberliner Zelle herunter, bis man nicht mehr glauben kann, er habe hier einmal gefehlt. Was bisher an Wolken über den Dächern dieser Stadt vermisst wurde, zerbricht jetzt nüchtern über den Köpfen, flutet die betonierten Innenhöfe der Wohnhäuser und die Kelleretagen der Altbauten. Dahinter das Rauschen ist allgegenwärtig, das verschwindet nicht, das hebt bloß an und fällt wieder sanft und spült den Staub dieser Stadt aus den verborgensten Winkeln. Weht auch kein Wind dazu, fallen die Tropfen senkrecht und bilden Fäden, die zu Fluchtlinien verlaufen, die erscheinen mir ganz vertraut; auf ihnen verschwimmt die Zeit und mit ihr alles, was wir bedeuten.

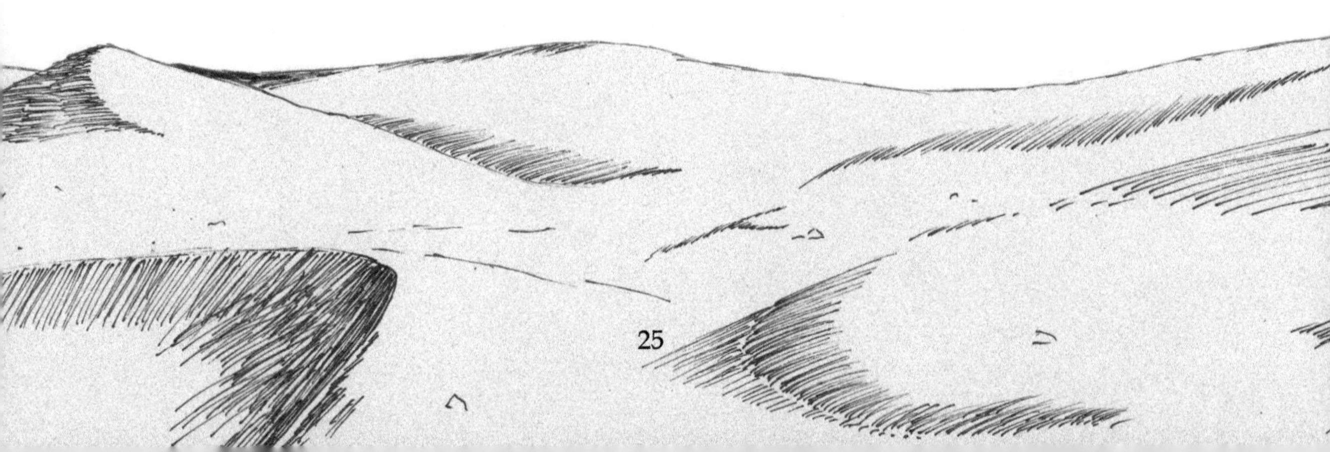

für dich

die zeit ohne dich ist
ein ertrunkener regentropfen
das theater findet nicht statt
das publikum ist verhindert
die flügel meiner zärtlichkeit
sind beschnitten
die menschen um mich
haben keine gesichter mehr
- sie existieren ohne
berechtigungsschein

warum kommt kein ordner und verbietet
es ihnen.......

Den meisten Menschen fällt es schwer, sich an das Gesicht einer Person zu erinnern, die sie ein Jahr nicht mehr gesehen haben, bei Stimmen dauert es ein halbes. Mein Gedächtnis war zeitlebens schwächer, ich bemühe mich nicht darum, vermeide in jeder lebenden Sekunde, verletzt zu werden. Zuviel Nähe birgt hohe Risiken, und das ist eigentlich schon alles, was dahinter steckt. Nachvollziehbares Kalkül, würden manche denken, denen diese Zeilen in die Hände fielen, und auch wenn sie nicht falsch lägen, trägt es nicht weit. Unser Problem ist nicht ein Überfluss an Nähe.

Von jenem Abend ragte nicht mehr viel über den Blickrand dessen, was ich erinnern wollen konnte. Bevor wir uns auf den Weg machten, schüttelten wir noch einander die Hände und riefen uns die bedeutungslosen Laute zu, die unsere Namen formten. Als mich die Hitze weckte, blieben bloß noch Bruchstücke: Rauchschwaden, ein paar Bars im Osten, ein Whisky Sour ohne Eiweiß, über den wurden Witze gerissen, dann in einer Kebapstube auf die Karte an der Wand geschielt, dazwischen stundenlanges weißes Rauschen und der Geschmack von Erbrochenem in der Dämmerung. Wie erwartet hatte ich meine Wunden wieder mit Gift gefüllt; das quoll aus mir heraus, das drang ins Freie aus jeder Pore meiner Haut und die saure Luft säuselte die Melodie meines Lebens: Acetylsalicylsäure in Tablettenform und ein, zwei Gläser Wasser müssten genügen, um nicht aus dem Takt zu fallen, vorerst. Was danach folgt, ist der nicht weniger einstudierte Teil desselben Rituals: Dazu gehören eine Pfanne, Eier, Speck und das überzeugende Flehen, ab heute solle Schluss sein damit. So könne es schließlich nicht weitergehen, geht es textsicher weiter, während man den täglich quittierten Gegenbeweis zur vorgebrachten These, wie auch deren Folgen, üblicherweise beiseitelässt. Und das

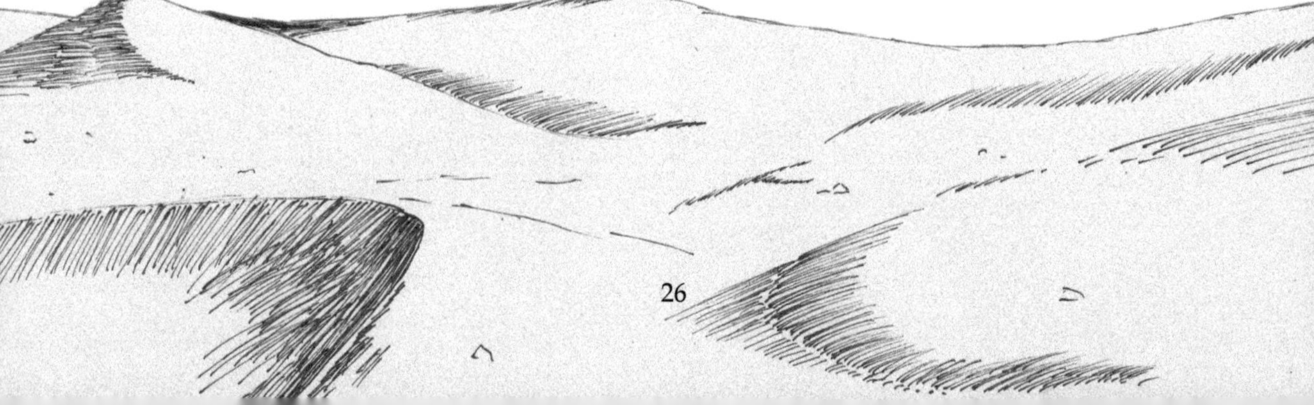

glaubt man für einen Moment, bis man sich ins Gewohnte bequemt. Vorhang, die Butter in der Pfanne applaudiert – –. Ich wusste, worauf es ankam beim Betrügen.

Schon am Abend ging es bald wieder und füllte der Lärm aus den Gleisen vor meinen Fenstern wieder einzelne Gedächtnislücken des vorigen Abends. So schloss ich das Fenster trotz anhaltender Hitze und erinnerte in meiner Tasche das Magazin, das ich erworben hatte und fand, wie ich hineingriff, die MALZ der jungen Frau noch dazu. Wir mussten beide in all den Stunden vergessen haben, dass ich sie ihr nie zurückgegeben hatte. Ohne Namen und Anschrift oder wenigstens ihrer Telefonnummer würde es dazu auch kaum je kommen. Zum Hohn meiner Übelkeit setzte sich nun ein schweres Gefühl in die Magengrube; das ging ins Gewicht, denn diese Schuld überquerte die Grenzen jener Untaten, die ich nur mir selbst zufügte, und darauf war ich nicht eingestellt. Zerschlagen nach diesem verlorenen Tag, verbrachte ich den Rest des Abends damit, mich in die mir rezitierten Gedichte aus der Literaturzeitung zu vertiefen.

Wenn acht Fingerspitzen an der Stirn ansetzen den Scheitel geradezurücken, die Ellbogen im narzissgelben Gegenlicht der Schreibtischlampe aufs Furnier gestützt liegen und der Blick senkrecht versinkt in Poesie, bemerkt man dann nicht, dass doch so manch bedecktes Empfinden emporgespült wird aus den Staubtälern vergangener Zeiten? Nein, nichts scheint je wirklich verloren und weniger noch verwunden in jenen Nächten, wo wir uns selbst wiederfinden in anderen. Dann plötzliches Telefonklingeln.

falsche nummer

du -

den telefonhörer in meiner hand

deine stimme höre ich

aber deine worte erreichen mich nicht

deine liebe bleibt stumm

haben wir uns verwählt?

Guten Abend, ist da die Detektei E. – –? Verzeihen Sie die Kontaktaufnahme zu später Stunde. Mein Name ist K. Ich bin auf der Suche nach jemandem, vielleicht können Sie mir helfen – –.

Das klang nach einem neuen Fall, das klang vertraut und es war meine Routine, zunächst einen Katalog mit Angaben zur Zielperson aufzunehmen, worauf diese warme Stimme erwiderte, sie habe, außer einem Namen, nicht viel anzubieten. Sie kannte die Gesuchte einmal, vor vielen Jahren, als petra lebrecht. Vielleicht war es Zufall, vielleicht war ich vom restlichen Gift in meinem Körper getäuscht worden oder hatte ich mich bloß verhört? Also bat ich sie, mir den Namen zu buchstabieren, und in der Tat, es war der-

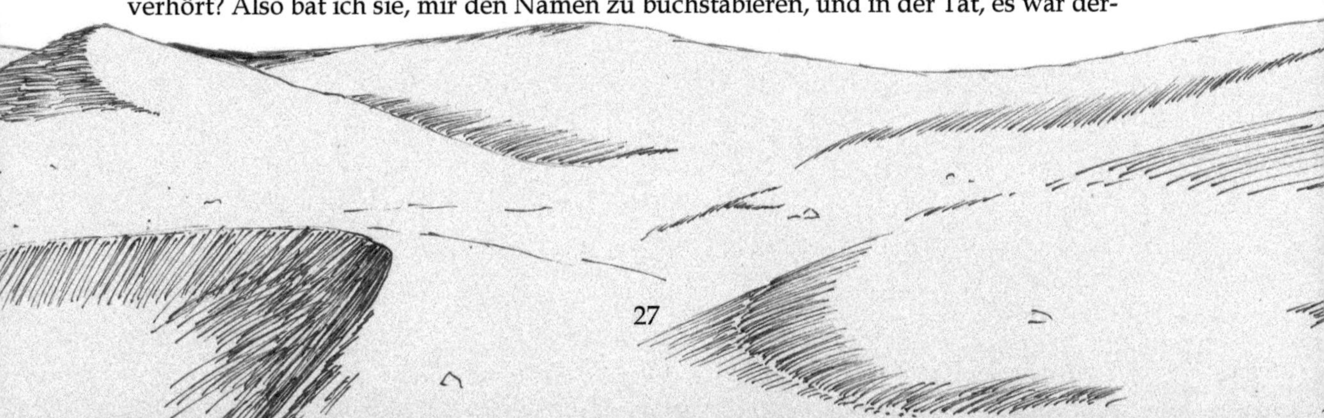

selbe. Ob sie es gewesen sei, gestern, nach der Lesung zwischen Grünberger und Lenbachstraße?, davon wollte sie nichts gewusst haben. Der Zufall schien kurios.

Hören Sie, können Sie mir nun helfen, oder nicht?

Ich willigte ein. Was nun folgte waren, zusammengefasst, Monate von zähfließenden Ermittlungen, besprengt durch ein paar Tricks, die aber letztlich mit dem Telefonat aus Mannheim von vorletzter Woche zum Versiegen kamen. In der Zwischenzeit studierte ich petra lebrechts Texte und fand noch weitere aus späteren Ausgaben der MALZ, doch nach schon ein paar tauchte ihr Name nicht mehr unter denen der Autorinnen auf. Sie musste aufgehört haben zu schreiben. Mir war ohnehin klar, dass es vielleicht aussichtslos sein würde, sie je zu finden. Diese Gedichte schrieb eine junge Frau, eine Studentin. Zwischen ihrer Poesie und meinen Ermittlungen lag ein ganzes Leben, vielleicht mehr. Manchmal verloren sich Einzelheiten aus diesem Leben in ihre Verse, was mich neugierig machte auf das, was wohl danach geschehen sein mochte.

```
-auto-
mein vater repariert mein auto
wie kann ich nach 21 jahren erklären,
daß ich das selbst lernen will.

erst habe ich seine vorstellungen von
einer fraulichen tochter durcheinander-
gebracht, indem ich abitur anfing zu
studieren, noch nicht verheiratet bin.

glücklicherweise habe ich weder ein un-
eheliches kind noch bin ich in "schlechte
gesellschaft". geraten.

nein, ich mache meinen weg!

doch als bereits akzeptierte intellektuelle-
mit aussicht auf pensionsanspruch -
versteht er nicht, daß ich mir die hände
schmutzig machen will. —
was er schon sein,ganzes leben lang
getan hat.
```

Und wenn sie nicht mehr ist, wer war petra lebrecht? Vielleicht nicht viel, vielleicht bloß ein sensibler Blick; ein zwinkerndes Lächeln zwischen zwei Zigarettenzügen, eine Handvoll verglimmender Worte in dunkler Erinnerung und eine Geschichte des Aufstiegs, hoffentlich. Ist es nicht seltsam, dass, je länger ich mich mit ihren Texten befasse, desto mehr behaupten kann, ich wüsste, wer sie ist? So, als sei sie eine reale Person und nicht bloß eine Figur, ein Hirngespinst, erdacht aus Not und Einsamkeit in meiner Ostberliner Zelle? Ein Wesen, fixiert in der Zeit und freigestellt vom ewigen Wer-

den, also dem Unweigerlichen nicht ausgeliefert – in Wahrheit kann das niemand von sich behaupten. Vielleicht spielen wir darum so gern Versteck mit unseren Namen, damit niemand mit dem Finger auf all unsere Fehler zeigt, die ewig bleiben. Dabei weiß doch ein jeder, das, was nie liebt und nie stirbt, nicht lebendig sein kann.

Sind Sie noch dran?

Ich habe meine Mandantin am Hörer und ja, ich höre sie laut und deutlich, musste nur abgedriftet sein, den Blick durchs Fenster hindurch verloren im grauen Einerlei. Der Regen hält noch immer an, er musste gekommen sein, uns zu ersäufen.

– – Trotzdem vielen Dank für Ihre Bemühungen, Sie können gern die letzte Woche noch in Rechnung stellen, Sie wissen ja, wie sonst auch –. Ja, gerne, auf Wiederhören, Frau E.

Meine Ermittlungen sind an ihr Ende gelangt, einfach so. Offenbar hatte meine Mandantin einen Tipp erhalten von jemandem, der seinen Job besser verstand. Sie erklärt mir, dass auch hier Frauen noch bis Anfang des 21. Jahrhunderts nach ihrer Hochzeit üblicherweise den Nachnamen ihres Mannes annahmen. Daran hatte ich bisher keinen Gedanken gerichtet, was man als schlampige Arbeit auslegen könnte, doch selbst meine Mandantin nahm mich in Schutz *(wie hätten Sie das wissen sollen, das war vor Ihrer Zeit)*. So war klar, weshalb keine der Personen mit demselben Namen die Gesuchte sein konnte. Jedenfalls erfuhr meine Mandantin den aktuellen Familiennamen und wurde darüber problemlos fündig, wie sie sagt. Auf meine persönliche Bitte hin, nennt sie ihn mir. Ich schlage den Namen in einer Suchmaschine nach und werde prompt fündig: Petra F., wohnhaft in N., Oberstudienrätin, pensioniert. Sogar eine Mobiltelefonnummer ist hinterlegt, also schreibe ich ihr. Als ihre Antwort mich erreicht, wird klar: Sie ist die Autorin aus der MALZ gewesen.

petra lebrecht war nicht mehr, das stimmte, das ging hervor aus den regelmäßigen Unterhaltungen, die ich mit Petra F. seither führte. Sie begriff Lyrik als Handwerk, aus dem Verständnis eines Arbeiterkinds heraus, besser: der Tochter eines Arbeiters. Nach ihrem Studium befasste sie sich ganz einfach mit wesentlicheren Dingen, ergriff das Lehramt, von dem sie sich einen ähnlichen Begriff machte wie von der Poesie. Beides verkörperte emanzipatorischen Charakter. Noch dazu sei sie Mutter geworden, *und übrigens bin ich beruhigt, wenn meine Gedichte noch nicht aus der Zeit gefallen sind.*
Nachdem ich einen Sommer lang nicht darauf kam, dass wir unsere Nachnamen früher nicht weitergeben konnten, begann ich zu ahnen, welche Fragen heimlich in die Texte petra lebrechts hineingewirkt wurden, welche Fragen also diese junge Frau bewegten. Die Stille, die Leerstellen, das Ausbleiben der Paukenschläge, welche Weiblichkeit spiegelte sich darin?, vielleicht war es eine selbstbestimmte in Zeiten, in denen viel Ungesagtes auf den Namen unserer Familien lastete, das zu fassen die drängendere Aufgabe war.

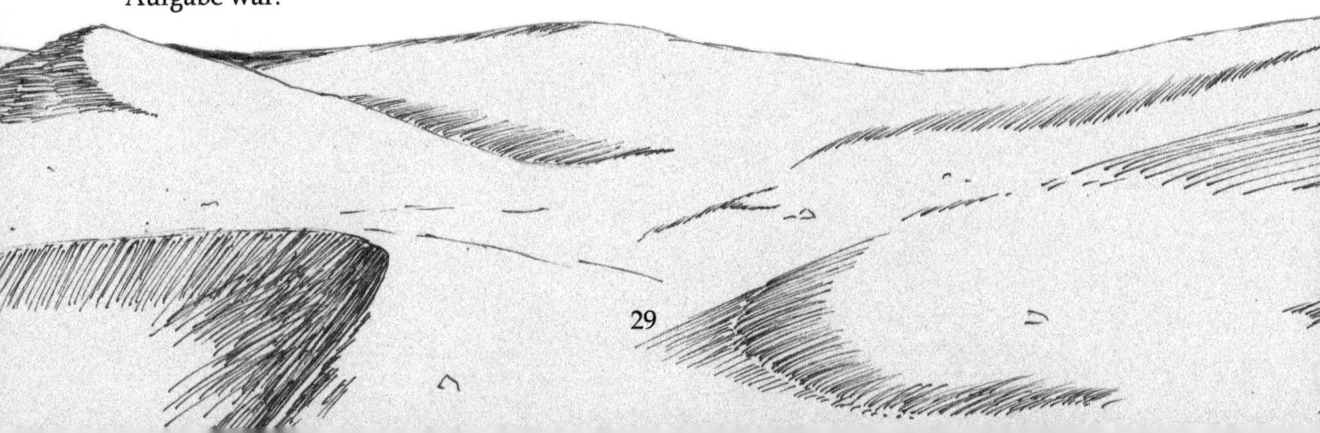

Auch im nächsten Sommer noch wird es aus den Gleisen der Ringbahn in dieses Zimmer hinaufschreien, das lässt sich nicht vermeiden, wenn Stahl und Stahl aneinanderreiben. Da wird zwar jedes Mal ein bisschen Material fortgetragen, doch bis sich substanziell etwas geändert hat, wird sich keiner mehr für unsere Fragen interessieren; es wird neue geben, es wird immer neue gegeben haben. Veränderung ist keine Frage der Zeit, und das weiß selbst der größte Idiot, wenn er ehrlich ist. Aber wer ist schon ehrlich? Ob diese Wunden wohl verheilen, wenn sie uns zeichnen aus Aquarell und Wein, oder nehmen sie uns bloß die Worte, mit denen wir um Verzeihung hätten bitten können?

Aus dem Takt dürfe man nicht fallen, sagte mal eine, die nicht ich war. Das konnte bloß ein Scherz sein, dachte ich noch vor ein paar Wochen; ein blöder Spruch auf einer Postkarte für den Kühlschrank in Studentenwehgehs. Mit purem Gift in den Adern wird doch jede Kleinigkeit zum Balanceakt, damit musste Schluss sein. Wie also irgendetwas zusammengehen soll, beginne ich zu begreifen, wie ich im Bürosessel sitzend meinen Blick wandern lasse über die kühlen Farben auf dem Schutzumschlag jenes Magazins, das ich damals in der Buchhandlung erstand. Schlage ich es auf, suchen und finden meine Augen bald einen Namen schweben überm Wüstental – auf Seite 18 steht der Beweis, dass petra lebrechts Poesie Lücken ließ, für andere zum Schließen. Sie hat ihren Weg gemacht; jetzt war ich an der Reihe.

~ Eising & Petra Füngeling

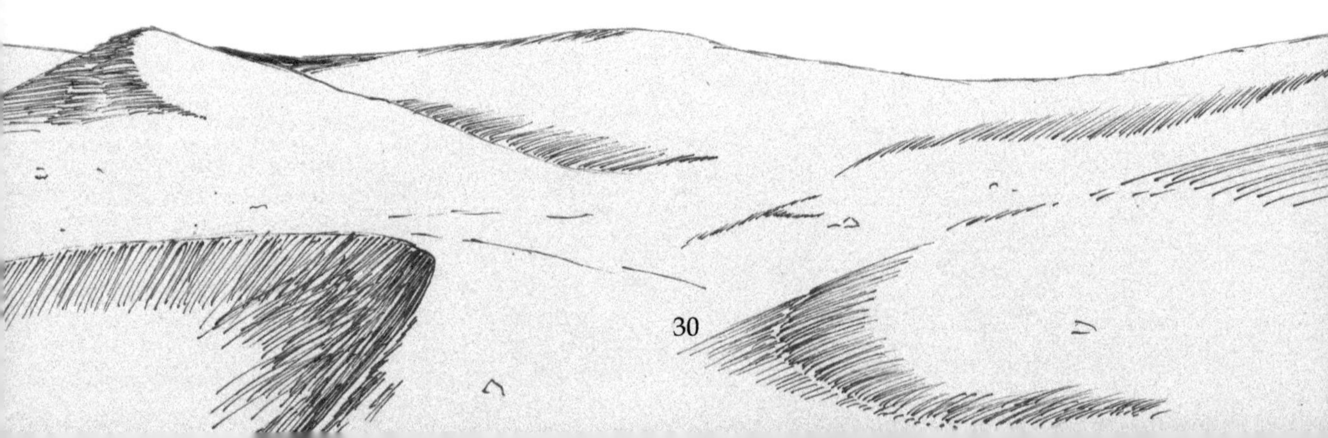

On the top of my world

I
Am a
Collector
Of emotions
Dear Memories
Reflections and ideas
Knowledge obtained via studying
Or even by observation and deduction
Melodies that have a unique meaning in my soul
Images, performances, films, my eyes have seen a lot
Poems that spoke to me personally of their secret meaning
Philosophy that I absorbed, understood and accepted or rejected wisely
Novels that I consumed and picked parts to recite on the correct occasions
Also, material objects that are dear to me and others that are useful – why not?
People that I loved, people who loved me and those for which the feeling was mutual
Finally, a crystal clear point of view of how to change the world… or why it will never change

I pile them in a stack
Day after day, minute after minute
Attentively
Looks like a pyramid

I bring "I" on top
In the same way we put the star
On top of the Christmas tree
I am the star!

The view is magnificent here
The one that only *I* can see
The one that only *I* can enjoy
The one that only *I* can appreciate

There are other people
They do have their stacks
Sitting comfortably upon them
Some look taller, others shorter

All stand way below mine
Yet in their eyes I can see
They think they look at me from above
How little do they know?

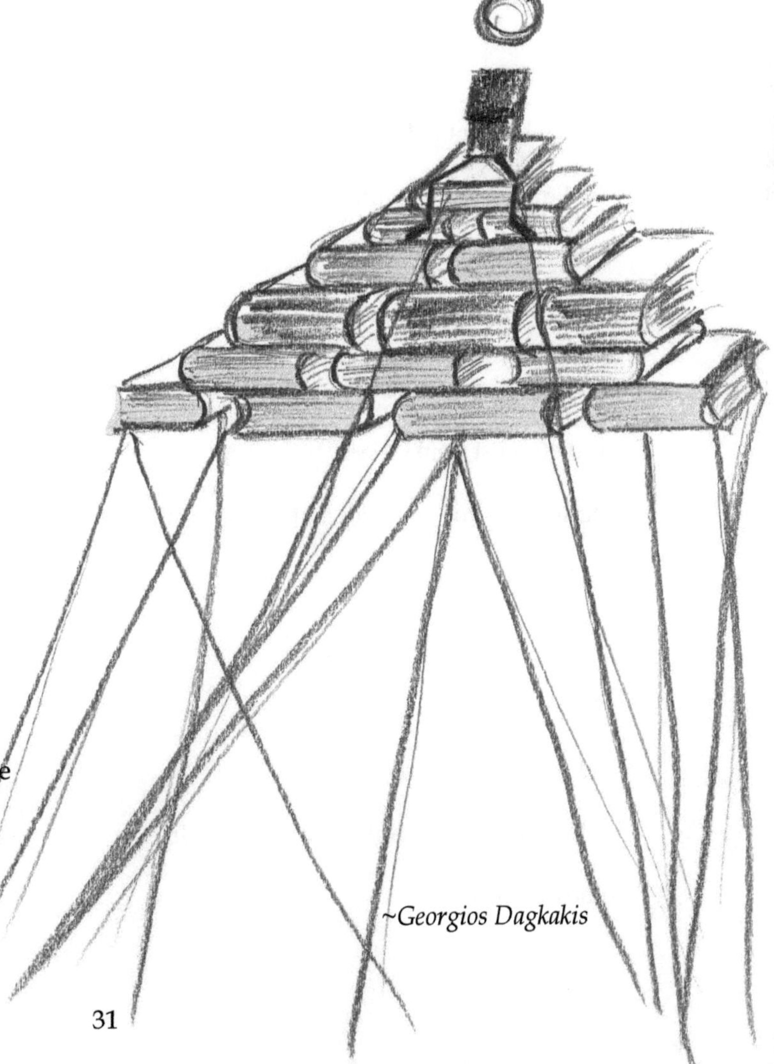

~Georgios Dagkakis

A la manière de Jean-François Millet, *L'Homme à la houe*

Zwei Gedichte und einen Kuss bin ich

von dir entfernt

Deine Lippen ein tropischer Wirbelsturm

von schweigenden Wörtern

Einatmen – ich bin in dir versteckt

Ausatmen – du opferst mich für die Welt

Der Gehorsam tropft von deiner Stirn,

die Furche deiner Mühe

wärmt die Blumen

Du kreuzt mit deinen Handflächen die Hacke

und sprichst dein Gebet

Du schaust von der Erde auf

und weißt alles

Die Verse fallen

auf das Papier sorglos,

gelbe Baumblätter auf das Leichentuch

eines Gedichtes

Jean-François Millet, *L'Homme à la houe*, Öl auf Leinwand, 80 x 99 cm, 1860-1862

~ Stella Chachali

Dear Diary

Saturday, 20/10/2029

Today it was grandma's birthday. She turned 92 and as always told us she wished for no festivities because at that age one should not celebrate for getting yet another year older. She also made the usual drama of saying how tired she is and lamenting the fact that because all her friends are dead makes her even more impatient for her own end. Anyway, we've heard that many times before so we don't worry about it too much. A few months ago, when she had a mild case of tachycardia, she immediately called us to take her to the doctor (who said she is in extraordinarily good shape for her age) and, after that, she was even more careful and took extra good care of herself.

Long story short, we did arrange for the usual celebration dinner for her birthday. In the past we would say (not in front of her, of course!) that this ritual was an *obligation*, since it might be her last one, but now we have stopped even having such thoughts. We were at uncle Albert's place, which is also closer to grandma's house. He has a nice backyard where we could sit for a while because the weather is once again *unexpectedly hot* for the end of October. As usual, we had an enjoyable time; I could spend some paragraphs recalling who came by, what they wore and what we ate; or I could probably have completed this entry right here at this point, writing that nothing worth mentioning took place, in other words, there seemed to be nothing that you wouldn't find in last year's entry; but then that incident occurred…

My cousin Roger was beginning his old rant against globalisation and the post-modern elites that want to impose the ethics of the new world order. I responded by talking against the new US president and generally about the populists that seem to be rising in many places lately and how they pose a danger for the progress humanity has made in the last three centuries. He said that conservatism is not bad if it is about conserving the undeniable *good* values of family ties, ethnic identity and religion. I replied about the latter, accusing him that he has no religious beliefs anyway, and that he's just using it for political purposes, which is the same thing the political clowns he supports do. I don't remember exactly what we said next, but we did continue a little more on the topic of religion.

Up to this point, it wasn't so much different than the year before; now that I think about it, it could have been a conversation from a decade ago. At this point grandma intervened: "Ah, stop this nonsense now, we are not here to discuss such topics. *You* wanted a celebration, not I, so let's keep it as such. As for religion…" here she got a nostalgic look, "grandpa used to ask me: 'Why do you take the children to church, there is no God anyway!' But I would answer: 'Why should I care if there is or isn't, I want my boys to get some moral values.' And they *did* get them." She turned and looked at uncle Albert and my father and continued: "you did not steal or kill or hit your wives. That is enough to keep me happy, knowing I did the right thing. Nothing more needs to be said."

I noticed my father becoming moved by what grandma said. That was nice for a change, to be reminded that the old man has feelings. Grandma was proven right; there was nothing more to be said on the topic and we continued eating the tasty fish and drinking wine. I would have forgotten the whole discussion with Roger, if he didn't approach me later to say: "You saw back there? Nana still holds on to the old values. It was a funny moment if you think about it, I was sounding like Naptha, you like Settembrini, but she was Peeperkorn. Her voice was the one that could be louder than the waterfalls. *Nothing more needs to be said,*" he concluded, doing an impression of grandma's voice as he repeated her words.

It took me some minutes to get the reference, but in the end it struck me: of course, he was referring to the characters in *The Magic Mountain*! It's not so much the fact that it has been several years since I read it, but more that I wouldn't expect Roger to be acquainted with it. Thus, even though the names did sound familiar, the fact that they were coming from him, made literature the last place where I would search in my memory for them. He always claims that reading books is a waste of time, even in front of his children, which makes his wife Martha furious. However, here he was now, using references from Thomas Mann and, as far as I remember, the parallel he drew made some sense.

"Do not look so shocked," he said, fully aware of my astonishment that apparently I did not hide sufficiently. "I just wanted to see what all the fuss is about, so I *uploaded* it. It was fun." He winked at me meaningfully and went to his daughter, who was calling for him.

In retrospect it makes sense. I knew that he recently bought one of those new devices that upload whole books to your brain. Opposite to me (also in this aspect), he has always been fond of gadgets: the most expensive phone, the smartest plasma TV, the car that parks itself and now this. It has been on the market for some months now, still very expensive, but Roger is a well paid doctor and he can afford it.

I remember the first time I read about it was in an article a couple of years ago. There was a photo of the apparatus, which looked like a small tablet that was connected to the subject's head via electrodes. Then text (or other forms of information) would be loaded to the gadget, which translated it to the correct electrical stimuli to be finally *uploaded* (as the article coined it and it is indeed still the term used today) to the brain. There was a complex technical description of the process that I didn't really understand. What I found more interesting was the report of an experiment that was made with this device involving two groups of students in a university math department. Based on their previous grades, they were supposed to be at more or less the same level of knowledge in their field. One group was given three books on a specialised subject (some kind of *algebraic topology* or something—I still have no idea what it is about) that none of them had been taught before and gave them two months to study it. For the second group they uploaded the books in a process that took less than an hour for each person. After that, all the participants got an exam in the above field and it was found that there was no significant statistical difference between the performances of the two groups. Of course, as one of the inventors explained, this does not mean that someone completely unaware of mathematics could use it because his or her brain would not be capable of comprehending the uploaded information and would finally reject it in the same manner that would happen if they took months to read it without any preliminary study. Nonetheless, the experiment did prove that *uploading* had the same strength, if not more, than actual reading.

It did make an impression on me and, as a teacher, I immediately thought of some of the obscure implications such a new technological advance could bring to what I call *Education*. Finally, I had my typical reaction of categorising it as some kind of science fiction jiggery-pokery, that is, within the realm of things done in a lab environment that would never play a role in everyday life—at least not in my lifetime. Maybe there was potential regarding technical knowledge, for example one could upload the periodic table or even the recipe to make a cake. I had the strong belief that reading novels, poetry or philosophy and generally comprehending the arts is something deeper that you cannot process just by uploading some data using an apparatus while you are jogging or taking a nap. I even laughed when I read that it was already available and people were using it for movies (Tarkovsky became popular again), music (*yeah, let's upload some Stravinsky to see what it is about, better than having to listen to it anyway*) and books.

But see what happened. Roger threw out his witty remark based on Thomas Mann as if it was the most expected thing in the world; and this will be something that we will have to get used to, the same as we did with all those people using Bluetooth and initially looking as if they were lunatics speaking to themselves. This made me uncomfortable for the rest of the evening and I did share my concern (even though I was not even certain what exactly I was worried about) with Sarah on the way home.

"You know, in a way maybe Roger is right calling you an elitist," she responded. "You always grumble about how ignorant our friends and family are and how you would like to discuss some topics, like a great novel you recently read and loved, but none of the 'cretins' (your word!) around you is capable of carrying on a proper conversation about it. Now that Roger and others seem to gain that level, instead of being content, you actually feel threatened."

I did not reply; I kept driving silently and she did not bring up the topic again. I kind of expected her to say I felt that way because, deep inside, gathering cultural knowledge is my way to feel superior to people like Roger, who have a bigger house, a more expensive car and, by any other criteria, can be viewed as more successful than myself. I attributed the fact that she did not say this out loud to her kindness.

She did however add something as we were entering the house: "You know, maybe it wouldn't be a bad idea to get one of these devices: I could become faster at reading your stories." She said this as a joke and kissed me. She often used humor to lower the impact of a topic that otherwise could make us fight. Actually, I had written a story last month and did ask her to read it, but she was extremely busy with work that week so I ended up sending it before she was able to read it. Even though I knew her week was indeed fully occupied by a meeting at her office, I still felt bitter. When she fially did read it, I started asking her questions with the intention to prove that she did not do it carefully enough, which she understood and we ended up fighting about it.

Today's joke was a reference to that incident but, for me at least, I don't feel like the humor calmed the effects of that dispute.

Later, I remembered something that happened last Tuesday: I was leaving for work when I met our neighbour Thomas, a kind-hearted gentle giant sort of a fellow who lives on the corner. We briefly greeted one another and, as I was almost ready to enter the car, he said: "hey, I saw your story on the local newspaper's website. It was a good one!" I felt a bit surprised: he is not the bookworm type and never spoke about something I wrote before. Nevertheless, I was very happy to hear that he liked it and somehow flattered that my writing is appealing even to the simple-minded folks in the neighbourhood (it wouldn't be the case if I was an elitist, would it?)

However, I now feel sure that he didn't read it; he just uploaded it to his lazy brain! It had taken me about a month to write those twenty-two pages, carefully placing each word, making correction after correction, to make sure the result was the best that it could be. It would take him much less time, an hour let's say, to read it but no, he wouldn't spare his precious time, just as he never had done before. Uploading it though would only need a few seconds for such a short text, so he said: *why not, let's go with it, Mr Smith is a nice fellow anyway*. What I first perceived as a welcome compliment now feels like a bitter insult.

I came here to my study and the first thing I did was to find the two volumes of *The Magic Mountain*. Initially, my plan was to check if the reference made by Roger really made sense or not, but I found myself caressing the pages instead. *It was fun*, my cousin had said and he had winked as if he was flirting with some young nurse in the hospital. What can he know? Fun is to have the book in your hands, smell it, take notes, spend some time (yes, time!) thinking of the beauty of the last paragraph and then reading it again, sleep while reading and have the story continue in a dream. What would *he* know about the journeys into the graceful landscapes of culture that I have had the courage and the honour to indulge in? Yes! If this is elitism then I plead guilty; and I do it with pride!

Technology has the ability to make one feel so old. I am 42, yet everything goes by so fast that I feel that I already belong to a previous century, an epoch, however, that I call noble and righteous in comparison to the hideous times that rise before us now. Roger is three years older, yet he does seem to get along with these times better; new-age vulgarity is not a problem for this otherwise conservative prick—he knows well to 'go with the flow'.

I, on the other hand, now feel strongly that I can no longer teach, not for these impudent teenagers, who, having Homer or Shakespeare uploaded to their cocky brains, will boast that they do not need an ancient teacher who spent his youth studying the classics. Neither do I want to write: not for Roger, nor for Sarah, nor for Thomas nor for any other passive uploader who just wants to collect references so they can 'play smart' on social media. If I do continue to do it, it will be for myself, and so at least for one that knows how to respect it. Not anymore to the local newspaper, or sending to friends from whom I expect (in vain) to get an interesting opinion or to publishers that rarely take the time to respond. If I continue, I will do it only in personal, secret places like here…

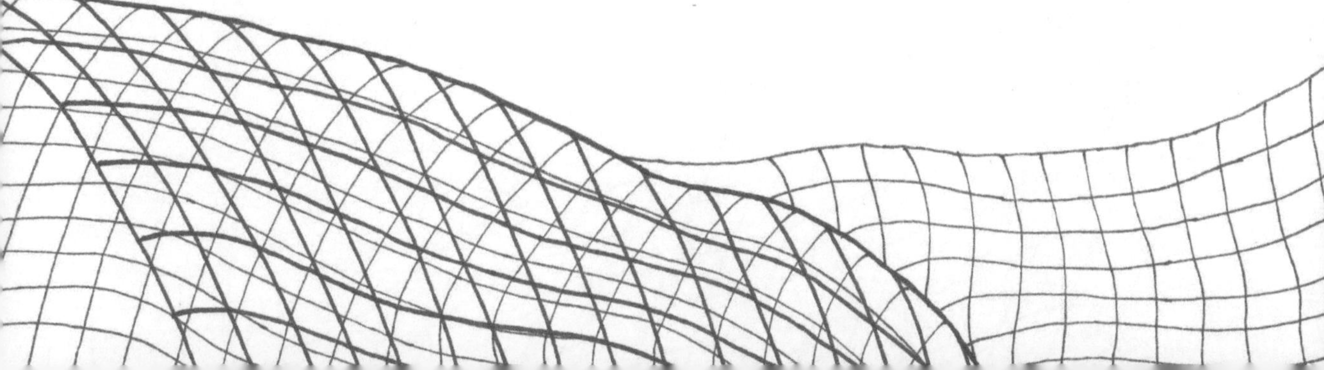

Dear diary, after writing the previous sentence, yet another gloomy thought filled my tired spirit. You know I always lock you in that elegant box my wife gave to me as a present more than a decade ago. It is mostly like a ritual, since the keys are not really hidden; it would be easy for Sarah, the baby when she becomes a child, or any other visitor really, to take them in their hands. I have no big secrets you may say, no cheating to make Sarah jealous, maybe just a couple of wanton thoughts here and there, but that does not scare me; in any case, she is an understanding person. However, I just realised that my real safety net was the feeling that nobody would really ever take the time to read these hundreds of pages I have put together through the years. I realise though that this is not true anymore, it would take someone a few minutes to put the whole books into one of the new scanners that don't even require turning the pages (even we have that in the house), then run a program to digitise the scanned version and, finally, upload it. Just a few minutes for one to get acquainted with my inner thoughts that I have been recording for so many years! What a disgusting idea…

Farewell my darling diary. Please know that you've been a great companion and, if you and your brothers are destined for the flames, please do not blame me or yourself. It is not our fault.

~ *Georgios Dagkakis*

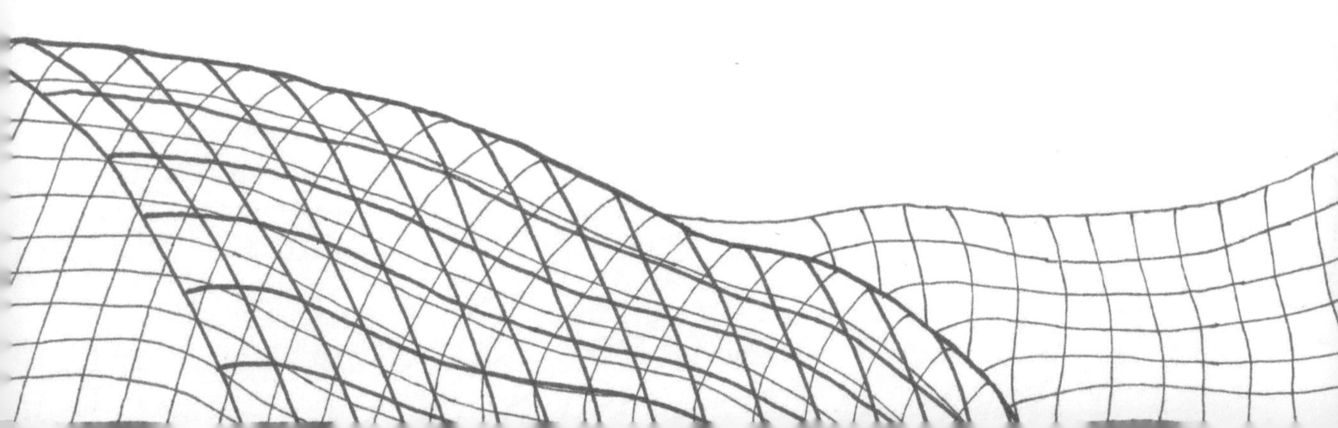

Skipping

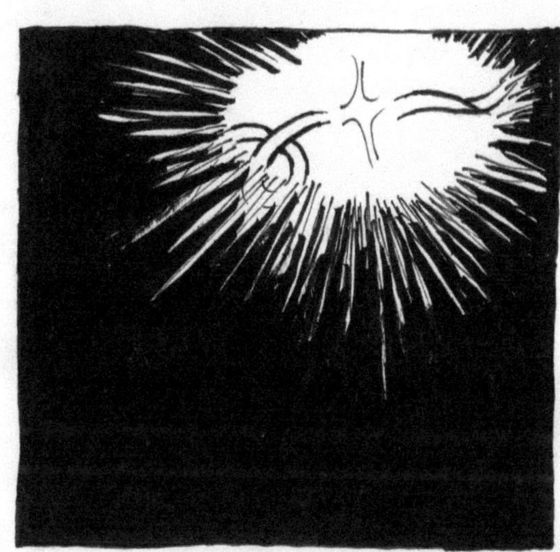

Angst. und weiter

Sie lebt in Angst. Die anderen können sie nicht wahrnehmen. Ihre Andere weiß es ebenfalls nicht.
Schichten über Schichten entfächern sich – jedes Mal – wenn sie die Räume betritt, die Menschen aus ihrer Erinnerung wiedertrifft.
Das Gehirn schafft die Aktualisierung nicht – Fehlermeldung

Angstzustände sind ein Unsichtbares. Niemand bekennt sich dazu, niemand erkennt sie, niemand will es wissen.
Zittern. Verk(r)ampfung. Zweifel. Lähmung. Eine aus der Welt ver-rückte Krankheit, Teufelskreis, aus dem das Ausbrechen schwerfällt, manchmal unmöglich.
Ohne Anschluß – Angst macht Kommunikation unmöglich – das eigene Sprechen schizophren geworden.
Sie gegen die Welt. Oder eher: die Welt gegen sie?

Sie kann sich verschleiern, sich in ihre Persona verschleiern, Maske über Maske, Verkleidung über Verkleidung – merkwürdige Maske, unwohl sein damit, etwas stimmt nicht, Persona aus den Fugen geraten – –

Sie traut sich mal wieder – eine gefühlte Ewigkeit später – in den damaligen Park. Die Qual ist zu erwarten. Warum traut sie sich? Warum das auf sich nehmen, wenn man fliehen könnte. Doch die Flucht ist Verschiebung nach Verschiebung und

irgendwann gerät sie in den Wirbel der Welt – auf einmal in den Strahl der Erinnerung zurückgeworfen und die Explosion ist da: Zeiten der Schwäche, die Autoritätspersonen, Leistungsdruck, toxische Verhältnisse, ...
Es ist alles noch da, in ihrer Welt, das Unsichtbare, die zur Realität gewordene Illusion. Doppelt ver-rückte Realität: ich weiß, dass dies nur in meinem Kopf geschieht, doch kann ich das Außen hier und jetzt nicht anders wahrnehmen – es bleibt ein Rest, der Rest, (scheinbar) unnötiger Rest – ich will es ausmerzen, kann nicht – sie kann sich nicht davon befreien: die Angst.
Sie packt sie und lässt nicht los. Mitten im Grün des Parks vermischen sich Grautöne, die einst Schwarztöne waren, dunkle mit hellen Grautönen – Sie kann den Duft der Blumen nicht vernehmen, die bunten Blüten erlöschen in Grau, sie sieht das Kind mit dem Hund lachen, ein Knirps – es sollte eine Reaktion hervorgerufen haben – nichts passiert.
Der Blick, es war schon immer der Blick, der verunsichernde Blick, die Reflexion des Blicks im Blick, der erste Blick und der nächste und der übernächste und der überübernächste und der überüberübernächste. Sie kann ihn nicht ertragen, diesen Blick, sie kann sie nicht ertragen, diese Blicke..

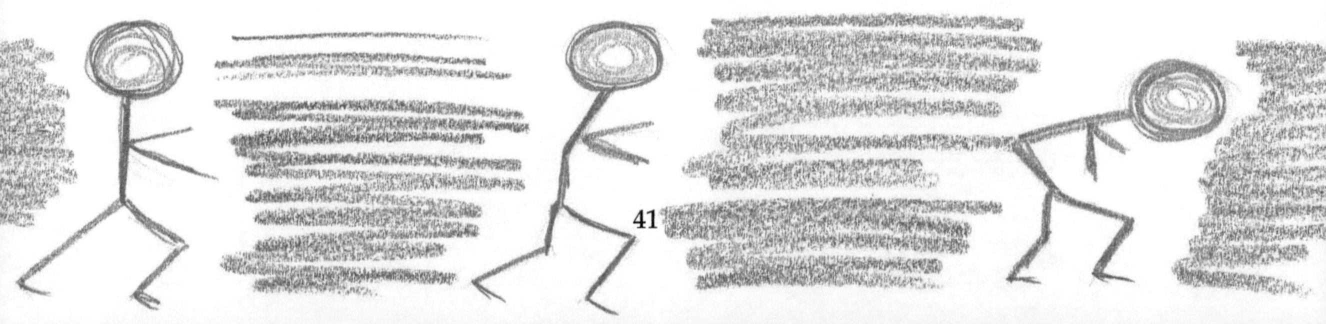

Sie ist außerhalb ihrer selbst, die Welt macht ohne sie weiter, das Kind lacht, der Fahrradfahrer fährt vorbei, die Stimmen vermischen sich, es geht alles weiter. Und sie muss, sie muss weiter, sie muss den Sprung mal wieder schaffen – du darfst nicht in deinem Kopf bleiben, die Anderen werden es bemerken, du musst weiter – doch niemand merkt etwas, keinen juckt's, die Welt vergeht im Fluss der Zeit und weiter.

Ist das pathologisch, fragt sie sich. Im Inneren sein zu wollen, bleiben zu wollen. Vielleicht hat die Zeit doch kurz angehalten, mal ,Hallo' gesagt; die Welt ähnelt einer Momentaufnahme. Stillstand, Ruhe, verschwommene Geräusche in der Kulisse. Kein weiter. Ich kann nicht, sagt sie sich, nicht jetzt. Nicht im jetzigen Jetzt und nicht im nächsten Jetzt und nicht im übernächsten und überübernächsten... Sie wird sich dieses mal geweigert haben, den Sprung zu machen, den Sprung verweigert haben.

der Knirps wird von dem Hund zu ihrer Bank gezogen. Die beiden sind lustig. Sie will nicht mehr, dass es leicht oder schwer ist, nur einfach.
Sie muss weiter.
Die Welt will einer immer noch keinen Stillstand gewähren.
Sie muss weiter. Sie steht auf und geht weiter.

~Mirona C.

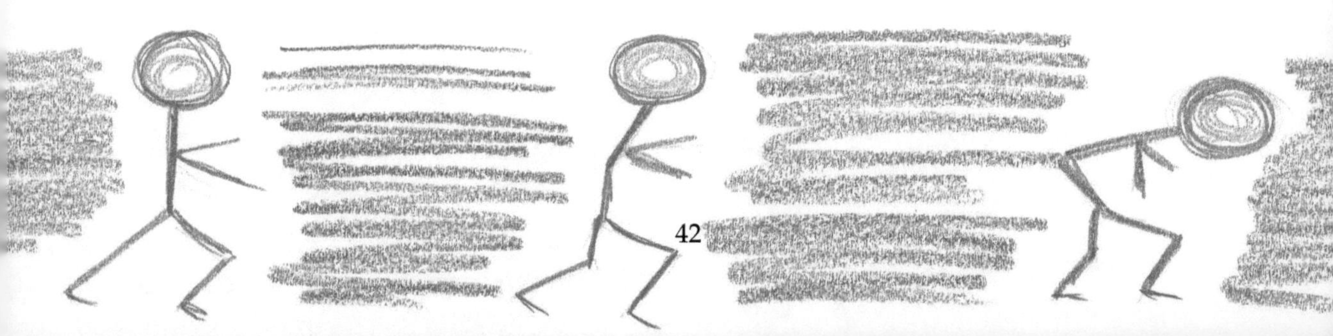

ECHOLOT

Als wohl experimentellster Teil des Magazins bildet unser Echolot spontane kreative Prozesse ab und fügt dem Referenztext auf diese Weise eine Facette hinzu, vervollständigt ihn so, wie es im bloßen Gespräch nicht möglich wäre.

Auf welchen Text jeweils geantwortet wird, lässt sich gleich am verwendeten Rahmen erkennen. Doch auch im Text werdet ihr zahlreiche Anspielungen finden!

Dabei kann es auch vorkommen, dass ein Echo auf einen Text aus vergangenen Ausgaben Bezug nimmt. Haltet also Ausschau!

Pause

Stopping for a second, I got it again
One of those instances of sweet pellucidity
When reality feels cleared from the regular noise
As if the constant veil of confusion was suddenly lifted
Endowing me a glimpse of perfect clarity

Through my mind myriads of ideas
Are they new?
Not really, they've been here a long time
In a dark room
Till something turned the lights on

For a moment; and then it's gone
I keep a positive feeling for a while
After work is over
Maybe this coming weekend
I will write them down
Make pictures out of them
Music
Life!

I say this every time
Yet when I get back
I feel tired and hungry
I end up grabbing something to eat
Watching some stupid series
Till the deposit of my energy for the day is
Gracefully over

It always comes during small pauses
In the infinitesimal time after ending a task
Before getting to the next
Sometimes; when I least expect it

Now the pause is over
And so is this poem that I will forget to write down

~ Georgios Dagkakis

Die Schnapsdrossel (Fortsetzung)

Wir stieren verblüfft auf die Frau. Keiner traut sich etwas zu sagen. Vermutlich überlegen alle: Was kann sie damit meinen?
Schlagartig ändert sich ihre Stimmung und sie wendet sich K. zu. Sie fängt an, K. zuzutexten.
Was sollen wir uns nun vorstellen? Orgien? Oder einen Kult? Bei mir bleibt das Wort „Schüler*innen" haften..

K. sieht ziemlich alarmiert aus, die Frau spricht und spricht. Sie prophezeit unserer Freundin zukünftiges Unheil, scheint eine Art esoterisch-psychologische Analyse vorzunehmen. Ihre Körpersprache ist fast die einer liebevollen Mutter, sie sitzt zu K. gedreht und ganz nah an ihr. Ihre gesamte Aufmerksamkeit ist auf unsere Freundin gerichtet, sie legt ihr eine liebevolle Hand auf den Arm. Das Verdeutlichen der Gefangenschaft, der sich K. nicht entziehen kann. Das Orakel hört nicht auf, unsere Freundin antwortet ihr zu ehrlich.
Ich versuche die Frau abzulenken und mische mich ungefragt in das Mono-Gespräch ein. Das wird mir noch zum Verhängnis geworden sein.

Unmittelbar dreht sich das Orakel zu mir um. Ich kann Hass in ihrem verzerrten Gesicht ablesen. Sie hasst mich regelrecht. Vielleicht weil ich skeptisch bin – ich glaube ihr nicht, ich nehme sie nicht ernst, sie macht mir keine Angst, ich zweifle an ihrer Ver-rücktheit (Wahnsinn, Tollheit – siehe Foucault).
Vielleicht hasse ich sie auch. Ich habe jedenfalls keine Vorliebe für Eindringlichkeit. Der Redefluss ergießt sich nun über mich. Sie sagt mir allerhand Beleidigendes, ich sei zu nichts gut – ich bin wohl der letzte Dreck – oder Staub (Staubkörner können besonders faszinierend sein). Der letzte Mensch.
Sie spricht sehr verständlich und zusammenhängend, mit einigen Abschweifungen, am verstörendsten sind ihre ruckartigen Bewegungen.
Ich versuche mich zu verteidigen, ohne ihre Beleidigungen zu würdigen, versuche sie loszuwerden, die anderen helfen mit, K. ist völlig aufgelöst. Es hilft einfach nicht. Sie bleibt, das Orakel spricht weiter und weiter, sie redet sich in Rage gegen mich und wird zunehmend aggressiver. Es ist nicht ansatzweise absehbar, was als nächstes folgen wird. Wird sie mir ein Glas an den Kopf werfen? Den Tisch umhauen? Oder einfach aufstehen und weggehen? Wird sie mich körperlich angreifen wollen? Oder hat sie Angst, dass ich es tun werde und ihre Aggression ist ein Verteidigungsmechanismus? ....

Die Spiegel-Tür dreht und dreht sich.. Der alte Mann.
Die Schnapsdrossel war meine Rettung!

Er hatte etwas ungewöhnlich Faszinierendes. Ich überlegte, ob er mit dem Blick nach seinem weißen Wal suchte – sein Niedergang und seine Rettung – und verspürte den Drang, mich ihm zu nähern. Schleppend und zer-rissen bewegte ich mich auf ihn zu.

Dann setzte ich mich zu ihm. Ein wolliges Gefühl von Zugehörigkeit erfüllte mich, auch wenn er keine Notiz von mir nahm und weiterhin für sich murmelte. Ich konnte ihn noch immer nicht verstehen – die Worte schienen sich ineinander zu schlängeln, endlos verkettete, leicht raue Laute. Mit langsamen Bewegungen durchsuchte er eine Tasche seines zum Teil löchrigen Mantels. Ich mochte diese Löcher, sie vermittelten mir ein Gefühl von Menschlichkeit und Wärme – ich wünschte mir in dem Augenblick auch so einen löchrigen Mantel.

Irgendwann fand er, wonach er suchte, und holte eine Zauberkugel aus seiner Manteltasche hevor. Da verstand ich ihn zum ersten Mal, denn er flüsterte nur kurz und mit einer Art Sehnsucht „Käpt'n" und verstummte schlagartig.

Ich wollte wissen, was er denn in dieser Kugel gesehen hatte, und beugte mich, um sie mir genauer anzuschauen. Der Anblick überraschte mich, denn in der Zauberkugel
schaukelte ein Schiff hin und her
auf dem stürmischen Meer
und schien jederzeit untergehen zu wollen. Leise und fast zu überhören ertönte vom Schiff ein Ruf: „Käpt'n E...!"

Das Meer und der Himmel wurden vor unseren Augen allmählich dunkel und der Sturm bahnte sich seinen Weg zu uns, während wir ruhig da saßen – die Schnapsdrossel und ich, ich und
die Schnapsdrossel..

~ Mirona C.

still

i'm still
immobile
silent
still doubting
still a child
i've got everything
still,
i'm alone

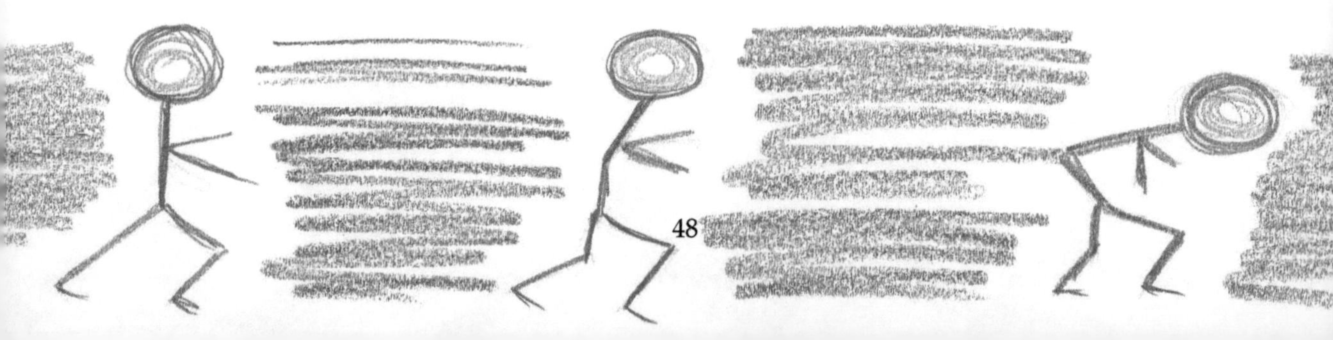

~ Chen-Rui

Der Bauchredner und die Perlen

Sie verspätet sich zu den meisten Verabredungen, obwohl sie immer stundenlang vor ihrem Termin fertig ist. Gut angezogen, geschminkt und parfümiert, steht sie vor dem Spiegel still. Alles in Ordnung. All ihre Gefühle versteckt. Sie muss nur den Mund schließen, um die Geheimnisse der Welt stumm zu halten. Ihre Lippen eine geschlossene Muschel, die den Seemann für seine Neugier bestraft. Perlen wachsen nur in Muscheln und bleiben als mögliche Erlösung versteckt. Sie wird ihre Lippen nicht öffnen, wenn sie das Zauberwort nicht hört und es gibt unzählbare Wörter in der Welt. Der Seemann muss das richtige finden und es dann, wie ein Bauchredner, aussprechen. Die Buchstaben dürfen nicht in die Luft springen, sondern nur im Bauch verschlossen, wie ein Sternchen in Flüssigkeiten, bleiben; oder wie ein Mädchen in der Pubertät, das den Heiligen Drei Königen den Weg mit dem Finger weist. Wer weiß wo der Bauchredner-Seemann gerade reist oder ob er überhaupt geboren wurde? Sie allerdings ist immer bereit, wenn das Zauberwort ausgesprochen würde, ihren Mund weit aufzumachen und ohne Stimme aus Freude zu schreien. Ihre Zähne geschminkt mit Perlen werden ihn zur Höhle mit dem Schatz oder einem einfachen Kuss führen.

Mittlerweile steht sie immer noch vor dem Spiegel. Allein, gestresst, *außerhalb ihrer selbst*. Sie probiert verschiedene Masken und Grimassen. Sie muss unbedingt die Perlen verstecken. Immer leise und mit halboffenem Mund sprechen, die Wörter vorsichtig buchstabieren, wie die Schauspielerin auf der Bühne en avant-première. Und falls der Seemann erscheint? In Panik geraten beginnt sie das stumme Schreien zu proben. Sie muss nochmal die Perlen aufhellen, die richtigen Posen finden.

Sie verspätet sich immer zu ihren Verabredungen. Wie kann sie die Verspätung rechtfertigen? Die Zeit vergeht, sie kehrt nach Hause zurück. Sie hat das Zauberwort noch nie gehört, den Seemann nicht getroffen. *Die Welt vergeht im Fluss der Zeit und weiter.* Sie setzt die Maske ab, wickelt die Grimassen ein und geht direkt ins Bett. Einschlafen, schwarzweiß träumen. Ihr Mund steht halboffen. Ein Sternchen drinnen beleuchtet die ganze Welt!

~ Stella Chachali

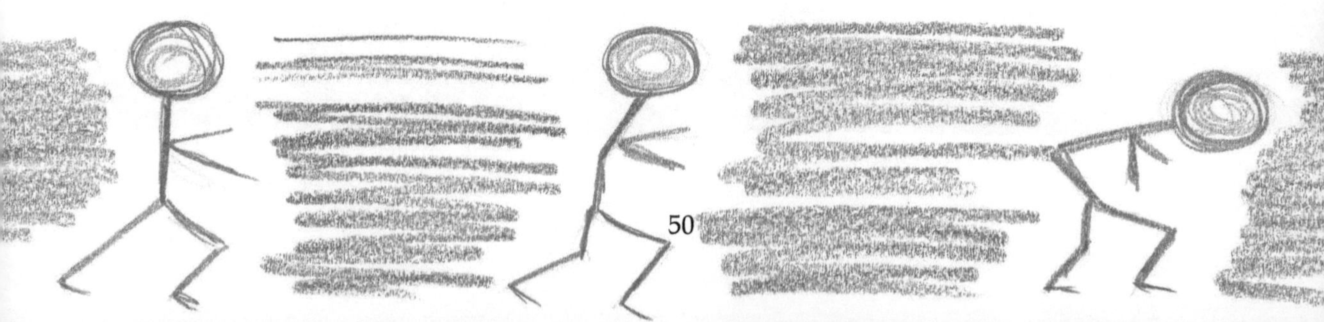

Träume III

Dewi Johann

Des Himmels dunkelster Fleck liegt am Rand des Vollmonds. Niemand kann sein Auge gezielt auf ihn richten, auch du nicht. Bloß ein beiläufiger Blick macht manches sichtbar, das sagbar nicht ist. In klaren Nächten erzählt man sich unter Seeleuten, diese Welt sei nur geträumt, und dass das silberne Rund ein Fenster zur wachen Welt sei. Für viele klingt das nach Blödelei und sie spotten, Nein!, das Himmelszelt müsste gläsern sein und der Mond die Öffnung einer Flasche Wein, an deren Boden schaukeln wir denn mutterseelenallein. Ja, so setzt das Gelächter ein, doch schon im Gelächter keimt Vertuschung. Die soll einmal den Himmel geschwärzt haben, woraus sodann die erste Nacht erstand.

Liebst du es, dir in die eigenen Augen zu sehen? Manchen macht es nichts aus, andere fürchten sich davor. Unter denjenigen, die sich davor fürchten, gibt es wieder ein paar, die ein Geschäft daraus machen: Sie tauschen ihren Blick für einen anderen, der zielt auf leere Flaschenböden, der soll nicht zu weit hinausragen. Vielleicht glauben sie selbst nicht, bei diesem Handel etwas gewonnen zu haben, doch was macht es schon?, sitzen ihre Lippen am Rand des Vollmonds, schwemmt aller Zweifel herunter von ihren Herzen.

Verzeih' mir, dass Dichtung und Gespinste von anderen hier Einfluss finden, doch sie sind der Schlüssel zum folgenden Bericht, der nicht von ruhiger Seeluft spricht. Am Anfang war Stille, die hielt nicht lang: Hör' gut hin, wie's meiner Mannschaft jüngst zu später Stund' erging, wo die Takelage hin und hergerissen war und der Wind die See anhob.

Gab ich Anweisung abzuwettern, ließ das Ruder in Luv festlaschen und war fertig, nach Lee zu driften, mit den Wellen parallel zu beiden Seiten. Da kamen zwei herunter von den Marsen und man meldete mir, was keiner hatte ahnen können. Die Wellen wuchsen zu rasch, meine Taktik war demnach gekentert. Also beriet ich mich mit Bootsmann und erstem Steuermann, bis drei Köpfe nickten. Der Befehl lautete darauf: Lenzen vor Topp und Takel mit nachgeschleppten Leinen, um so den größten Schaden von Mensch und Material abzuwenden. So wie ich es sah, müssten wir ohne Segel fahren, doch schon der Winddruck auf den Hauptmast würde das Schiff auf ordentliches Tempo bringen, und das war nötig, damit es auf der Fahrt durchs Wasser steuerbar bliebe.

Als der Sturm kam, warf sich ein Vorhang aus grauen Fäden über die See, der musste gewebt worden sein aus den Schreien der Matrosen. Die Segel konnten sie noch rechtzeitig einholen und den Klüverbaum senken. *Hol weg!, Hol weg!,* da griffen schon die Wogen nach einem, der klammerte am Kranbalken, erst. Der schrie seinen Leichtsinn in den Sturm und schäumte mehr noch als die Gischt, in die der Bugspriet stach, und war nicht allein damit. Da schmissen sich Töpfe an Fett und Pech mitsamt der Ströppe über Backbord und Jedermann, der ein Tau zu greifen bekam, war guter Hoffnung, es mochte kein loses gewesen sein. Derweil zuckte es gleißend übers Meer und grollte Donner bloß,

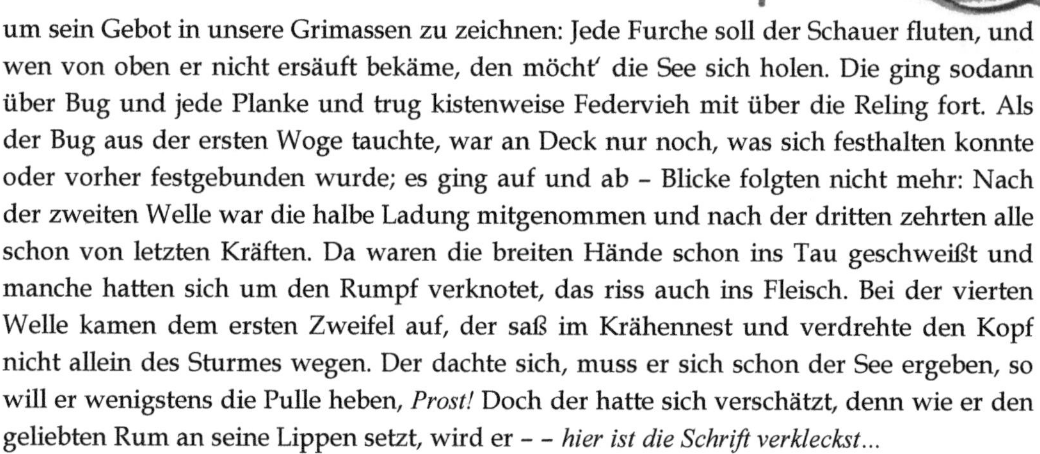

um sein Gebot in unsere Grimassen zu zeichnen: Jede Furche soll der Schauer fluten, und wen von oben er nicht ersäuft bekäme, den möcht' die See sich holen. Die ging sodann über Bug und jede Planke und trug kistenweise Federvieh mit über die Reling fort. Als der Bug aus der ersten Woge tauchte, war an Deck nur noch, was sich festhalten konnte oder vorher festgebunden wurde; es ging auf und ab – Blicke folgten nicht mehr: Nach der zweiten Welle war die halbe Ladung mitgenommen und nach der dritten zehrten alle schon von letzten Kräften. Da waren die breiten Hände schon ins Tau geschweißt und manche hatten sich um den Rumpf verknotet, das riss auch ins Fleisch. Bei der vierten Welle kamen dem ersten Zweifel auf, der saß im Krähennest und verdrehte den Kopf nicht allein des Sturmes wegen. Der dachte sich, muss er sich schon der See ergeben, so will er wenigstens die Pulle heben, *Prost!* Doch der hatte sich verschätzt, denn wie er den geliebten Rum an seine Lippen setzt, wird er – – *hier ist die Schrift verkleckst...*

– – Da schrien sie es in die schwarzen Fluten, auch wenn's nicht lohnte, dass der Dewi Johann fortan am Grund des Meeres wohnte. Wer hätte dem Unglücklichen helfen können, der nicht mit beiden Armen am Leben hing, was ist das nicht ein sinnlos' Ding? Das fragte sich, als der Sturm abebbte, ein jeder, der seitdem zwei schwere Schultern schleppte.

Was uns von der Welt dort draußen bleibt, weiß bloß, wer diese Zeilen schreibt. In hellen Mondnächten kannst du's ahnen, hängt hoch oben der Beweis, dann trifft dich dort beiläufig sein starrer Blick von Traurigkeit.

Sitzt sodann die Federspitze auf Papier, strömt tiefes Blau in diese Fasern. Je älter die Stellen und je weiter ich sie wälze, umso durstiger scheinen mir die Seiten. Mein Finger fährt die Handschrift nach in unauflöslichem Wellengang, erst hin und her, dann auf und ab: Jede Zeile ist nachgezeichnete Erinnerung, an die ich dunkel bloß mich erinnern mag. Das Logbuch zieht das Dunkel an, ob Tinte, Tusche, einerlei, es wird vom Kielholen auch nicht müde und singt das Lied der Loreley.

– – Fortsetzung folgt – –

~ Eising

Wir sind gespannt auf unsere wiederkehrenden Gäste

Moira Barrett, Mark Farrier und Katja Schubel,

deren lyrische Arbeiten und poetische Essays wir bereits in unserer letzten Ausgabe mit euch teilen konnten. Nachdem sie uns auch auf unseren **Lesungen** über den Sommer begleitet haben, geben alle drei hier die geforderte Zugabe.

Wir bedanken uns auf diesem Weg noch einmal ganz herzlich

~

Lust bekommen? Kontaktiere uns und werde Gast im Zaraffel-Magazin: *zaraffel@gmx.de*

Sich auf einen Kaffee verkaufen

Schon als ich ihn aus der S-Bahn treten sehe, noch während er also in der Luft zwischen Weiterfahrt und Ausstieg schwebt, fliegt mir sein karamellfarbener Mantel (kokett ein bisschen zu weit geöffnet für diese Jahreszeit) entgegen. Darunter blitzt ein seidenweißes Hemd hervor, drüber, wie ein Pinselstrich – halb künstlerisch, halb Mann-von-Welt – ein bunt gestreifter Seidenschal von Zufallshand gefallen. Das ist er. Genau wie das weiß ich, dass ich umdrehen sollte und rückwärts die Treppen runterstolpern. Denn wer galant nicht erscheint, ist zwar unfair, aber muss sich nicht erklären. Doch zwei dunkel glänzende Anzugschuhe sind bereits selbstbewusst auf einen grauen, mit eingetrockneten Kaugummis und ein paar Herbsblättern befleckten Asphalt getreten. Sie setzen sogleich geschwind ihre ersten Schritte über die steinharte neu gewonnene Bewegungsfreiheit. Unter dicken dunkelbraunen Augenbrauen sehe ich Pupillen etwas suchen. Diese Scheinwerfer beleuchten die karg gefegte Bahnsteigbühne, außer mir steht keine*r hier. So bleibt sein Blick, wie erwartet, an mir haften. Und schon höre ich meinen Namen zwischen seinen Lippen, mit drei Fragezeichen garniert. Ich nicke so selbstverständlich als hätte ich vergessen, dass das nicht mein Name ist. Jana heiße ich nämlich nur auf dieser Datingapp, der Datingapp, der ich gerade tadelnd den Stinkefinger zeigen möchte – wenn das jetzt nur noch etwas bringen würde. 99 Prozent Übereinstimmung hatte die uns herbeikalkuliert. Notiz an mich: Darauf verlasse ich mich ab jetzt nicht mehr. Aber jetzt bin ich eben auch schon hier, wir voreinander, er umarmt mich, ehe ich Tschau sagen kann – meine mangelnde Recherche fällt mir jetzt unnützerweise in die Arme. Als die Umarmung vorbei ist, zwinge ich mich zu einem Lächeln. Zwei Minuten später sind wir, beide geradeaus, die Treppen hinunter gelaufen und befinden uns am Spreeufer. Der Tag ein wenig farblos, wär da nicht das Gelb der letzten Blätter an den Bäumen und meine knallroten Schuhe. Ansonsten sieht alles aus, wie unter einem nebligen Filter, so schreiten wir in Richtung Cafe.

Auf dem Teller am Tisch neben uns liegt ein angegessener Muffin in Krümelatmosphäre seiner angenagten Selbst. Über ihm schweben Satzfetzen aus "Wir machen jetzt Hausaufgaben" und "Wer ist am Jemenkrieg beteiligt?" einer überambitionierten Mutter. Auch der Fünf -Euro-Smoothiebecher ist noch halb gefüllt, die Stühle stehen schräg vom Tisch weggedreht. So verlässt die junge Frau mit dem eleganten Kurzhaarschnitt über den langen Ohrringen das Biocafe, Berlin Friedrichstraße, in welches es auch mich gerade gezogen hat. Sie öffnet die schwere Glastür, tänzelt in den kalten klaren Tag. Ihr folgen zwei durchgestylte Zwerge, die wie farblich abgestimmte Accessoires wirken. Doch der kleine Junge mit den großen olivfarbenen Augen dreht sich noch einmal um und bleibt im Türrahmen stehen. Er blickt mich eindringlich und verständnisvoll an, während er sich einen Keks in den Mund steckt – wie ein kleiner Hoffnungsschimmer. "Leo!", hört man gleichzeitig die gereizte Stimme seiner Mutter, schrill-gelb-grell, die draußen auf dem Bürgersteig seiner Schwester den gepunkteten Mantel zurechtrückt (der wahrscheinlich teurer war als jedes Kleidungsstück, das ich je besitzen werde). "Woher hast du die Kekse? Erst hier nichts essen wollen und dann naschen, das gibts doch nicht. Hat dein Vater dir das erlaubt?" Leo lächelt mir kurz aufmunternd zu, als spüre er, wie es mir in meiner misslichen Lage ergeht, jedenfalls meine ich das. Dann ist er verschwunden.

Mein Date dagegen ist sitzen geblieben. Und es redet. Es redet viel. Von schönen Reisen, von Ereignissen, die ihn geprägt haben. Viel von sich. Ich schaue dem kleinen Jungen mit dem Schokokeks in der Hand hinterher, der bis eben noch neben mir saß und künstlerisch den Gemüsemuffin zertrümmert hat. Destruktive Kräfte steigen gerade auch in mir auf. Meine Kaffeebegleitung schmeckt nach Aggressivität. Ich hänge zwischen Zeitverschwendung und

Gewissheit und doch irgendwie im Abseits. Im Kopf habe ich mich bereits verabschiedet. Er gefällt sich selbst so sehr, nur mir, mir gefällt er nicht. Ich habe das Gefühl, seine Fassade blättert. Ab. Mit jedem Wort mehr. Und draußen fällt der Herbst in wehenden Farben wie die Erkenntnis auf den Boden der Tatsachen. Der Sommer ist vorbei. Zu kurz gewesen, etwas, was man von diesem Treffen nicht behaupten kann. Denn das geht schon eine Stunde und kommt mir eher vor wie drei lange Winter. Über unseren Köpfen hängen Pflanzen von der Decke. Er schiebt sich die Brille auf der Nase zurecht und lächelt mich an.

"Oder?" Ein nerviger Popsong unterlegt die Frage hintergründig.

Ich wache aus meiner starren Position, falle fast mit dieser Hyperbel vom Stuhl. Erschrecke, als hätte er mir die Frage lauthals entgegengebrüllt. Weil ich keine Ahnung habe, wo sein Selbstgespräch grad steckt und was ich Gehaltvolles erwidern könnte, um einen sinnvollen Dialog entstehen zu lassen. Hatte nicht erwartet, dass meine Rolle heute noch Sprechen darf. Alles was er über mich weiß ist bisher, wie ich heiße – und das stimmt nicht mal. Jedenfalls muss er das aber glauben, denn die Wahrheit habe ich noch nicht erklärt, wann auch? Und so sitze ich jetzt hier, gänzlich überfordert mit der Situation. Hat er mir doch tatsächlich eine Frage gestellt, der Frontalunterricht ein Ende? Hätte man denken können. Aber er redet schon wieder, wer braucht schon Antworten einer Fremden, wenn er sie sich selbst geben kann. Ich war wohl nicht schnell genug, mir meine Anteile zu krallen. Aber ich lerne dennoch. Eine hübsche Cornflakespackung kann trotzdem mit Müll gefüllt sein. Schlimm, wenn die sich unnötigerweise ungefragt von selbst auskippt – aber ich werde mich jedenfalls nicht nach dem Inhalt bücken. Stattdessen stehe ich unvermittelt auf, rücke meinen Stuhl zurecht und nicke ihm zu. „Ich zahle.“ Dann werfe ich mir meinen Mantel um, und überlasse es einem irritierten Alleinunterhalter sich allein zu unterhalten. Ich bin mir sicher, er ist dieser Herausforderung gewachsen.

Als ich auf meine Bahn warte, hoffe ich ganz kurz auf jemanden, der mit mir zur Endstation fährt. Dann öffne ich die Datingapp und swipe weiter.

Ein paar Tage später.

Die S-Bahn-Tür und meine Coolness steht mir ins Gesicht tätowiert. Zweiter Versuch. Über meiner Maske und unter wilden Augenbrauen trete ich auf den Bahnsteig. Aus den Kopfhörern fällt der Bass mit meinen Schritten auf den Asphalt, und in keinerlei Zweifel gekleidet. Stattdessen trage ich einen langen Rock, der mir bis zu den Knöcheln reicht. Sein Türkis glitzert in den Sonnenbrillengläsern der Person, die mir entgegenkommt. Keine Frage, ich sehe aus, als hätte ich mein Leben im Griff. Was ich natürlich nicht habe, aber das bleibt unter uns.

„Hi.“ Er lächelt, bleibt mit Abstand stehen. Mindestens anderthalb Meter. Wir leben in einer Pandemie, wenngleich der Sommer angefangen hat und die Zahlen erfreulicherweise sinken. Auch Mark weiß das, und er hält sich an das gesellschaftliche Gebot.

„Hi.“ Ich nicke ihm zu. Er hat Grübchen und ein Piercing in der linken Braue, ist um einiges größer als ich. Warum ich das erwähne? Nun, das hier ist ein Date. Und ich filtere gerade, wen ich mir da ausgesucht habe. Super oberflächlich, ich weiß – aber du wirst fürs Zuhören bezahlt, OK? Das hier sind meine Spielregeln.

„Wollen wir runter, Richtung Spree?“ Seine Frage bleibt an der hellgelben Ärmelspitze einer jungen Frau hängen. An uns laufen Menschen vorbei, in Richtung Treppen. Wir folgen, nachdem ich „Klingt gut, ja.“ gesagt habe. Der Sog zieht uns mit, weg vom Bahnsteig.

„Was hat dich nach Berlin gebracht?“, meine Stimme hängt im Tunnel zwischen uns.

„Nichts, ich war schon immer hier.", er lacht. „Die Frage wäre, was mich wegbringen sollte."

„Dann, was sollte dich wegbringen? Achja, Maske auf oder ab?"

„Meinst du die medizinische, oder die, die wir uns alle beim Daten zulegen, um nicht zu erklären, wie kaputt wir eigentlich sind?"

Er guckt mich irritiert an. Dann lacht er. Und ich mag, wie er lacht.

Sweetpoint

Wenn das das Meer ist, von dem du gesprochen hast

Wo ist die Zeit, um diesen Ort zu bestaunen

Wo deine Hand, um meine zu halten

Sand knirscht verboten zwischen den Zähnen

Wind in den Ohren, Zehen rot gefroren,

die Nase läuft

tränend barfuß über nassen Strand

und die Fragen werden in Wellen auf die Zunge gespült

Sind wir nicht beide zum Scheitern zu leicht gewesen?

Zum Fragen zu leise?

Zum Aufatmen zu schwer

Zum Umkehren zu weit gekommen?

Oder viel zu lang geblieben?

Sag, muss das Salz hier nach Wehmut

Und die Zukunft nach Verlust schmecken

Wenn du jetzt die Tür schließt

Dann ist Ebbe, mein Freund

Wenn du jetzt gehst

Und das Klappern bricht die Stille

Schritte im Treppenhaus

Die Süße der Vernunft

lässt mich deine Nummer löschen;

kein guter Punkt

aber wir haben kein Vertrauen

weder du, noch ich

süß, wie wir uns nur darin ähneln

und im Kaffee spiegelt sich

das Schwarz

bis die Milch hineintropft

und wir wieder von vorne

Nummer neu getippt

Fehler neu geschrieben

Sex macht ratlos

Kondom den Job nicht

Apotheke und die Pille danach

oder Orangensaft und Risiko

erst letzteres, dann ersteres

und drei Wochen sind wir uns näher als sonst

und dann streiten wir

um uns zu lieben

und dann fragst du

ob ich bleiben will

Und ich bleibe nur noch einmal

Wir sind das letzte Mal zusammengekommen

/zusammen gekommen

morgens machst du dir Cappuccino,

schaust vom Balkon auf die Straße

deine Nachbar*innenschaft ist müde

und ich bin ein Paradebeispiel, wie ich allein und verschlafen

die Straßenseite wechsel

Ich dreh mich nicht um

spür deinen Blick im Genick

wie deine Hände

an meiner Hüfte

und jede Berührung

(k)eine Erinnerung wert

Wir, Nadir und Zenit

Autobiografisches Salzkaramell

(k)eine Harmonie, hart wie Asphalt

~ Katja Schubel

ALL YOU ANIMALS

Is everyone scrambling to keep
Anything we can before we sleep?
Need we find immortality here
Or weightless fly to distant sphere?

What lies braided in our mortal core
And goads us on for more & more & more
To walk the earth and blank & sleep & work
Suspended gastropods of thank & deep & birth.

Rise up or dive into abyss!
Release the must, the worth, the miss!
Give it up for the other that is first,
Enjoy the slide from worst to best to worst.

Remember all your animal lives somehow,
Even this one, you anthropocentric cow!
Try being queen for a day, take a twirl,
You sexy beast, you know you rule the world!

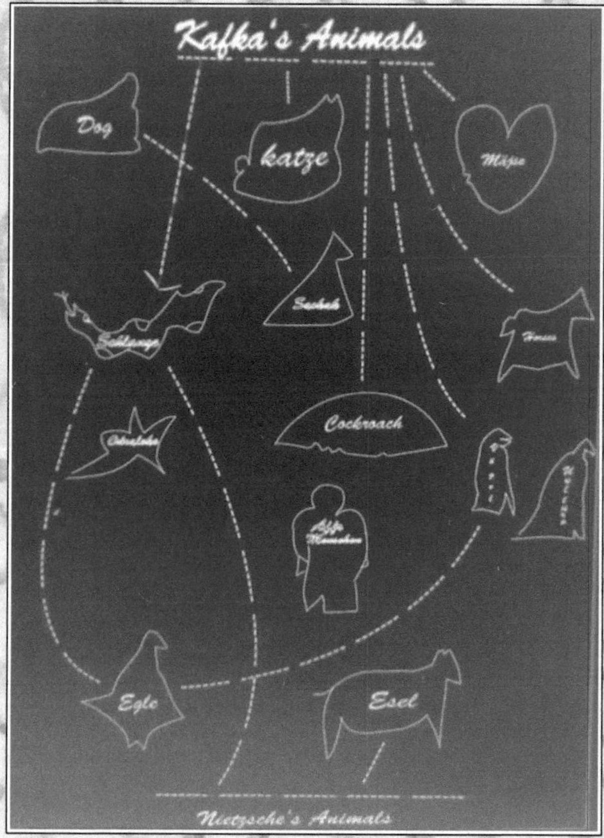

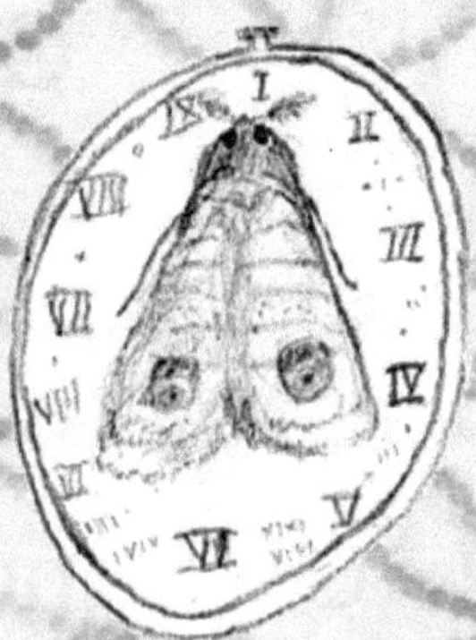

<u>What She Done Done</u>

Grace of the fly

say

thereby go i

forehead's communion

for Art's sake

the hand brakes

queer noises to the mill wheel

Emily broke the moths

of Time

with her arquebus

Now would be the time to haul the lines in

May bee in:

The captain's Leviathan

impossible voyage made

 into the water

  we will wade

OURS DARKLY

Let me utter, a word, my brother
I'm melting butter for anyone around
On Sunday I perform another
Novice act of sacred lover
Sighing thanks for everpresent sound
Plans made and stayed to feather
All our ways of slighty whether
We said: Pull ourselves together!
Singing for that matter without bound

That fluctuation and experience
In a station, held up to being
Makes all heavy our deliverance
Even random acts of severance
Safety stagger and constant fleeing
Feel the line we take a turn
Only that we know, not earn
Or everything there's still to learn
Lasting tasting loving tugging seeing

~ *Mark Farrier*

The absence of desire in my grandmother's bedroom

Grandmother was not mysterious, but the appropriate covered-up-ness she was raised to maintain made her someone whose inner workings remained firmly out of reach for as long as I knew her.

In the nights between her death and her funeral, I sleep in Grandmother's bed.
I don't change the sheets, I don't move the pair of worn socks she left hanging on the rocking chair.
I just snoop the way I would if she was returning later today.

The house is pristine, as always. Only a few tiny bits of clutter on the nightstand give away the absence of guests when she died—lose change, a used tissue, a few scraps of paper, some lists written in her American Girl handwriting. A tube of lipstick left lying next to the sink. The three little pairs of shoes she wore regularly lined up next to the bed.

Soft white carpeting covers the entire downstairs floor of Grandmother's little house in the woods, even in the bathrooms.
The entire bedroom, including drapes and upholstery, is covered in chintz.

I spend the days between Grandmother's death and her funeral in her bedroom on the plush carpet, gently going through her things before putting them back the way they were.
I don't remember ever asking her a real question.

I find fifty-year-old love letters from her second husband the police commissioner, and her answers about her children and her first husband the depressive federal agent.

When you wake up in Grandmother's bed you turn your head to look out of the sliding glass door, through the trees and over the water of Hull Creek. Very early on the second morning between her death and her funeral, I see a group of wild geese floating on the water in the dim light, facing the house. They appear to be paying their respects, watching over the land in this moment of leaderless stillness, before everything shifts.

I feel the glass curving around these days already.

As Grandmother lay dying in the hospital I thought ahead to sleeping in her room and surveying the wealth of materials she would be leaving behind. I open the closets before she dies, but I don't walk in and sit down until afterwards. The carpet continues from the stairs into the two bedrooms, the two bathrooms, and the two walk-in closets. Every corner is cushioned. Shelves and racks are filled with sweaters folded into squares. Less visible but equally organized are folders of paperwork, old letters, a box of expensive liquor hidden from family members with drinking problems, the commissioner's military medals.

Seems like she never had to come up against any walls after he died.
I never heard her say "cheap," just "inexpensive."
I never asked if she had any real problems that I didn't know about.

There is a TV facing the bed at an angle, there is floral wallpaper on every wall, the walk-in closets are like separate little windowless rooms. The bathroom mirror covers an entire wall above the two light green sinks in a green and white imitation marble counter. The carpet continues from the bedroom into the bathroom. My cousin says it's creepy and my aunt says it's unhygienic but when you sleep here it all feels like part of the same little cloud sunken into the side of the hill.

In the mornings you pad around from queen-sized bed to master bathroom and look in the mirror stretching across the whole wall above the double sinks. The carpet is speckled white and brown like a bird's egg, and somewhere in those fibers Grandmother's last footprints are about to disappear forever.

The bedroom is nestled into the side of a hill, it is on the ground floor looking over the creek through the trees, it is covered in the softest carpet that extends into the big bathroom with double sinks and a very low toilet that uses at least a gallon of water for every flush. Every step is padded by the carpet continuing into closets filled with neat stacks of largely unworn clothes. The bathroom cabinets are full of soaps, shampoo, and toothbrushes to last a lifetime. Every closet includes some files, some jewelry, something nice, something helpful, *nothing* missing.

I am not stimulated, I am muffled from all sides.
This room is stocked for an afterlife I am living in my grandmother's place.
I don't mourn and I am not in shock: she was always there and she was always special, but she was never familiar.

When you wake up in Grandmother's bedroom you look outside and see water through trees. A creek that is more like a very slow river even though it only has one opening.
An inlet. A finger of water, she used to say.

Before Grandmother died I touched her hands, her feet, her chest.

More than I miss her I miss knowing the house has her in it,
moving slow and sure about where she is going and where she comes from.

On the morning of the fourth day, a hurricane has passed through Virginia. Tall trees have fallen all around the house, opening up the earth where they once held it down.

As I lose, I sense what is lost going on somewhere else:
somewhere the trees who fell are still growing, somewhere the love affair didn't have to end, somewhere my grandmother still wakes up with the birds every morning between 5 and 6, pads upstairs in her slippers, makes coffee and listens to the local news.

~ Moira Barrett

SCHLAFITTCHEN

Hier gibt ein Zaraffel Einblick in seine Arbeit. Wir packen uns eines und stellen es zur Rede!

In dieser Ausgabe steht uns **Mirona C.** Rede und Antwort. Im Zaraffel-Magazin gestaltet sie Cover, kritzelt Mikrotexte und Kurzgeschichten und illustriert Rahmenabbildungen, doch damit nicht genug: Auf unseren Lesungen schlüpft sie auch schon mal in die Rolle eines lasziven Betäubungsmittels… **Das Interview führte Stella Chachali.**

Mirona, manchmal bevorzugst du es mit Wörtern zu erzählen und manchmal mit Bildern. Könntest du das erklären?

Für mich ergänzen sich einfach Sprache und Bild ganz gut. Und sie ermöglichen mir genauer und adäquater das auszudrücken, was ich verspüre oder erlebe. Ich habe nicht den Eindruck, als würde ein Medium ausreichend sein um die komplexe Innen-/Wahrnehmungswelt, die wir mittragen, zum Vorschein zu bringen. Ich meine, dass unterschiedliche Medien ganz andere Spielmöglichkeiten bieten – das ist wundervoll. Und oft verschmelzen sie miteinander. Auf jeden Fall ist es eine unendliche Erzählung in Form von Patchwork.

Wie beginnt deine Beziehung zum Text und wie diejenige zur Malerei?

Hmm... Tatsächlich habe ich mit malen/zeichnen zuerst angefangen, hauptsächlich aus einem Grund: Farben. Text kam etwas später und resultierte zum Teil aus meiner Faszination gegenüber Sprachen und Büchern. Nach meinem Gefühl beginnt meine Beziehung zum Text und diejenige zum Malen immer wieder, bei jedem Text und bei jedem Bild, von Neuem. Wie, weiß ich nicht so richtig. Ab und zu habe ich ein Bild vor Augen, welches dann versinnlicht werden möchte. Jedenfalls kann ich mich nicht an einem punktuellen Anfang erinnern. Farben haben mich immer schon (vielleicht aus einer unvordenklichen Vergangenheit) angesprochen und fasziniert. Bücher ebenfalls.

Deine persönliche narrative Stimme klingt meistens melancholisch. Es gibt eine Tendenz zu den Wurzeln zurückzukehren und gleichzeitig ein Bedürfnis nach Freiheit und Befreiung von allen Fesseln. Wie würdest du diese Ambiguität beschreiben?

Ich glaube, du hast die Ambiguität selbst ganz gut beschrieben. Haha... Für mich bedeutet dies eine konstante Suche nach einem Fleck in dem Kontinuum der Welt. Vermutlich hat diese Ambiguität mit Raum-Zeitlichkeit zu tun. Die Tendenz zu den Wurzeln ist eine Bewegung, die aus der Vergangenheit und von meiner Heimat aus kommt. Die Suche nach Befreiung von Fesseln ist eine Reaktion auf die prekäre Lage des Menschseins. Sie ergänzen sich aus meiner Sicht ganz gut. (Außer vielleicht, wenn man sich frei fühlt und die Vergangenheit eine(n) auf unangenehme Weise einholt.)

Was inspiriert dich meistens?

Schwierige Frage. Ganz Vieles. Musik, Natur, Philosophie, Literatur, Erlebnisse, Reportagen, Kunst, Menschen, Alltagssituationen, kontroverse Themen...

Wie man von den Tonoffel-Cover bemerken kann, ist deine Beziehung zu Farben sehr intensiv. Durch abstrakte Formen und improvisierte expressionistische Pinselstriche findet eine Explosion von farblichen Bewegungen statt. Welche ist deine Beziehung zu den Farben?

Farben sind für mich Ausdruck von Lebendigkeit und Leben generell, Pulsieren. Sie beeinflußen stark meine Gemütszustände. Deshalb genieße ich es sehr, mit kräftigen, intensiven (teils ungemischten) Farben zu arbeiten. Ich finde es vor allem spannend, ihr Zusammenspiel und ihre Nebeneinanderstellung zu beobachten und damit zu experimentieren. Was passiert, wenn man neben einem kräftigen Hellblau ein intensives Violett legt? Oder ein Orange? Die Wirkung ist jedes Mal eine Andere. Auch rezeptionsästhetisch ist das in meinen Augen ein kaptivierendes Thema – denn unterschiedliche Personen empfinden verschiedene Farbkombinationen als angenehm oder ansprechend, störend oder anstrengend usw.

Wie würdest du Taraffel beschreiben?

Ich würde (mit Vorbehalt) sagen: Taraffel ist eine zusammengewürfelte Filzdecke, ein Patchwork, Taraffel ist eine poröse Gruppe, ein Heft bestehend aus einer Mischung von vielen kräftigen Farben, Taraffel sind mehrere spielende Kinder, Taraffel ist eine (hoffentlich) unendliche Erzählung, ein nie endendes Gedicht, ein Fragment, ein zerissenes Stück Papier ...

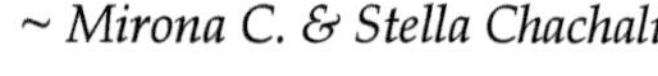

~ Mirona C. & Stella Chachali

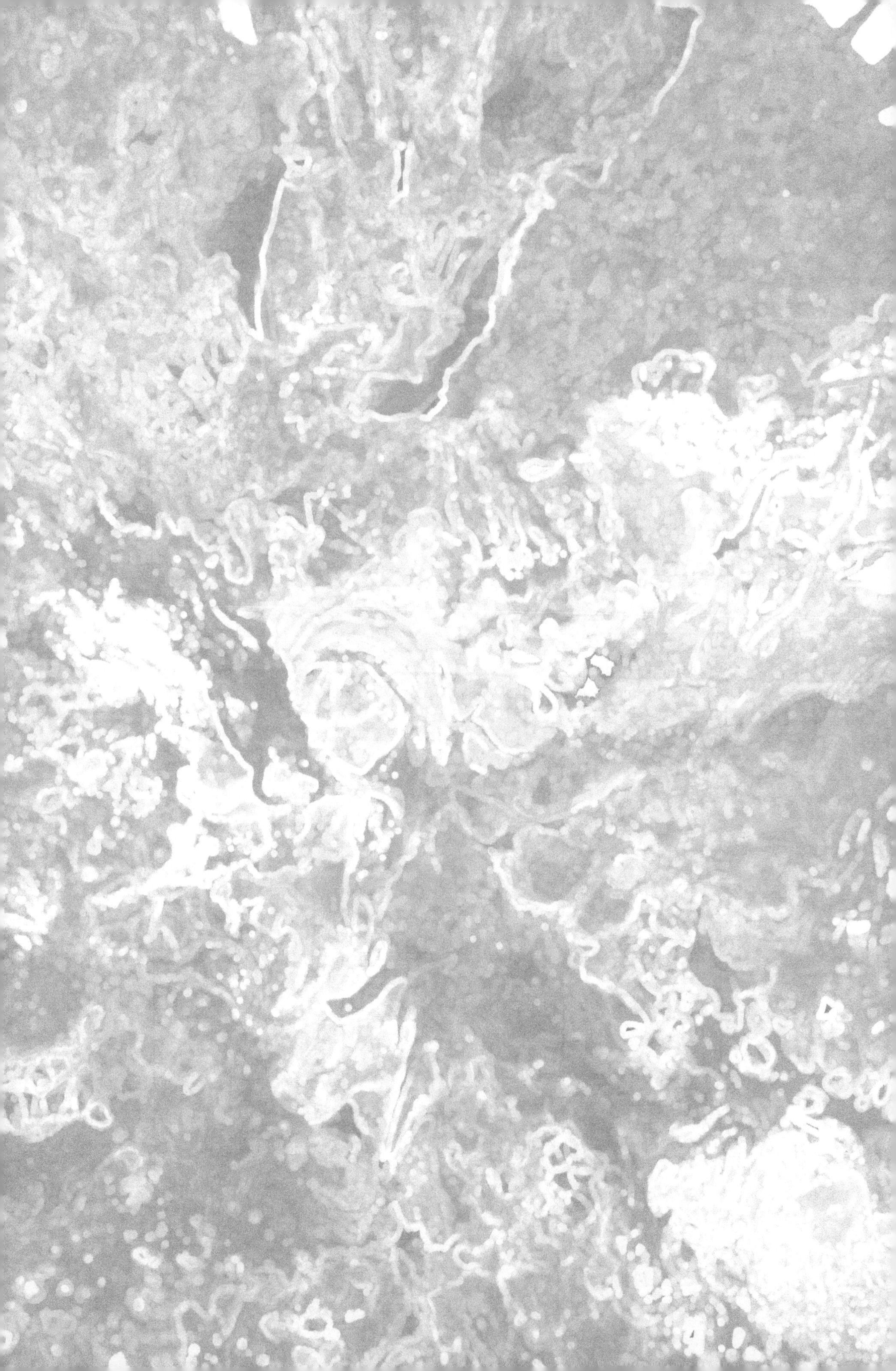

BEREITS ERSCHIENEN

Erschienene Ausgaben können über den herkömmlichen Buchhandel und über den BoD-Online-Buchshop auch international bezogen werden.

Alternativ sind alle Veröffentlichung der ZGB im Raum Berlin auf **Spendenbasis gegen ihren Nettodruckpreis** erhältlich.

Zaraffel 01 / 2021
Literaturmagazin

Print ISBN: 97837526198817
Autoren: Zaraffel Gruppe Berlin

Preis: 8,- €: 48 S.

Zaraffel 02 / 2021
Literaturmagazin

Print ISBN: 9783753462431
Autoren: Zaraffel Gruppe Berlin
    & Rika Sakalak
Preis: 8,- €: 60 S.

Tagebuch der
sanften Quarantäne -
eine literarische Erzählung

Print ISBN: 9783752605167
E-Book ISBN: 9783752603187
Autor: Erik Eising

Preis: 7,- €: 102 S.

Zaraffel 01 / 2022
Literaturmagazin

Print ISBN: 9783755781899
Autoren: Zaraffel Gruppe Berlin
    & Moira Barrett, Mark
    Farrier, Katja Schubel
Preis: 8,- €: 70 S.